a incrível história do
homem mais velho do mundo

André Diniz

a incrível história do
homem mais velho do mundo

galera
RECORD

Rio de Janeiro | 2008

CIP-Brasil. Catalogação-na-fonte
Sindicato Nacional dos Editores de Livros, RJ.

Diniz, André, 1975-
D61i   A incrível história do homem mais velho do mundo / de André Diniz; ilustrações de André Diniz. – Rio de Janeiro: Galera Record, 2008.
il.

ISBN 978-85-01-08192-6

1. Romance infanto-juvenil brasileiro. I. Título.

08-1952
CDD – 028.5
CDU – 087.5

Copyright de texto e ilustrações © André Diniz, 2008

Todos os direitos reservados. Proibida a reprodução, no todo ou em parte, através de quaisquer meios.

Direitos exclusivos desta edição reservados pela
EDITORA RECORD LTDA.
Rua Argentina 171 – Rio de Janeiro, RJ – 20921-380 – Tel.: 2585-2000

Impresso no Brasil

ISBN 978-85-01-08192-6

PEDIDOS PELO REEMBOLSO POSTAL
Caixa Postal 23.052
Rio de Janeiro, RJ – 20922-970

EDITORA AFILIADA

capítulo 1

Hoje o ônibus não demorou. Alívio. Se todo dia fosse assim, essa cena constrangedora não se repetiria: esperar a condução ao lado de alguns colegas, no mesmo ponto. Pode ser besteira, mas Caio não se sente à vontade. Os colegas conversam, riem e filam biscoitos uns dos outros. Caio não participa disso. Por sorte, ninguém pega o mesmo ônibus que ele, então o tormento acaba ao passar pela roleta.

Uma situação que ele odeia é não saber para onde olhar, ou como agir diante de conhecidos. Poderia simplesmente dirigir-se aos colegas, entrar na conversa e na partilha das guloseimas. Para isso, porém, Caio precisaria de um bocado de falsidade, e falso ele não é. Não gosta desse pessoal e pronto. Pode até vir a gostar um dia — nada é impossível. O fato é que ele não os considera seus amigos, ao menos por enquanto. No outro colégio, onde estudou até seus pais morrerem — é melhor nem lembrar disso agora —, lá sim, ele tinha companheiros.

Mas Muzinga, seu tataravô, não pode pagar as mensalidades da antiga escola. Desde que foi morar com ele, esta foi só uma das diversas mudanças em sua vida.

— Faltam cinco centavos, garoto.

— Desculpe, aqui está — diz ao trocador.

Aos 13 anos, Caio tem a cabeça congestionada por dilemas. A infância acabou, agora é a hora de encarar o mundo de verdade.

O ônibus pára no ponto. Alguns passageiros entram.

— Quer se sentar?

— Obrigada, meu filho.

Seguirá o resto do trajeto em pé, mas Caio se conforma. Quantos anos teria essa senhora? 70? 75? Nada mais correto do que ceder-lhe o lugar. Imagine! Ele, um rapaz forte, viajando sentado, enquanto ela segue o trajeto em pé. Um absurdo, ainda mais com as curvas bruscas que o motorista faz. Mas e se, no lugar dela, entrasse um senhor de 199 anos de idade, porém com a saúde de um jovem de 18? Só por uma questão de números, Caio deveria ceder-lhe o lugar? Não, nesse caso não seria justo, visto que esse velhinho, apesar da idade cronológica, fisicamente é um rapaz, como ele.

De repente, Caio ri sozinho, imaginando se fizesse essa reflexão em voz alta. Todos o veriam como um louco. Todos, exceto aqueles que já ouviram falar de Muzinga.

Muzinga, seu tataravô. O homem mais velho do mundo.

Vinte minutos e ele faz sinal para o ônibus parar. Mais três minutos de caminhada e Caio chega a um discreto sobrado em Santa Teresa, bairro antigo do Rio de Janeiro. Ruas de paralelepípedos, bondes trafegando sobre os trilhos e antenas de TV por assinatura, no telhado das casas. O antigo e o moderno, lado a lado. Muzinga tinha mesmo que viver em um lugar assim.

Caio entra. Tranca a porta, desanimado. Afinal, este é mesmo o seu lar? O casarão, para ele, é cheio de segredos. Tatataravô? Na prática, Muzinga é apenas um estranho.

Eles se conheceram após o acidente de carro, há longos seis meses. Seu pai — tataraneto de Muzinga — rompera com o velho anos antes, quando Caio sequer havia nascido. Não costumava falar sobre esse antepassado ainda vivo. Ao fazer um ou outro comentário a seu respeito, exalava rancor. Apesar disso, Caio percebia que, no íntimo, restava na amargura de seu pai uma pontinha de admiração por aquele ancestral que supostamente valia menos que uma moeda de três centavos.

Mesmo morando juntos, quase não se vêem — e Muzinga não é de muitas palavras. Passa boa parte do tempo trancado em sua biblioteca particular. Parece viajar nos livros. No início, Caio apreciou essa solidão: ninguém lhe vigiava quanto aos deveres de casa ou aos horários de estudo, nem quanto ao que fazia ou deixava de fazer. Agora, incomoda-se com tamanho distanciamento. Caio quer desvendar o enigma Muzinga — mas este se mostra cada vez mais indecifrável.

O que Muzinga não sabe é que o garoto, quase por acaso, descobriu suas anotações, esquecidas no fundo da terceira gaveta do móvel da sala. Nestas, em cadernos amarelados, há registros de viagens e aventuras de diferentes épocas. Somente por tais escritos, o velho contalhe sobre sua vida — ainda assim, de forma indireta e involuntária.

Caio os lê, fascinado. É difícil crer que alguém ainda vivo, de carne e osso, bem ao seu alcance, tenha passado por experiências tão ricas. Como imaginar que aquele velho mulato que dorme no quarto ao lado já se escondeu em quilombos? Como assimilar que Muzinga viajou pelo mundo como intérprete do imperador D. Pedro II, no distante século XIX? Que ele se atracou com Lampião e seu bando de cangaceiros nos anos 1930? Que dizer de uma testemunha da abolição da escravatura e da proclamação da República — alguém que, nessa época, já contava mais de 80 anos de idade?

Muzinga, por sua vez, é discreto. Vez ou outra, narra um caso curioso e só. Caio gosta do que ouve, mas sabe que há muito mais a ser contado. Um conflito fervilha na cabeça do jovem. Seu pai falava mal de Muzinga; seria deslealdade de sua parte se Caio o admirasse?

Após o almoço, Caio tranca-se em seu quarto e lê, em segredo, mais uma das anotações do tataravô, datada de 1912. Parece que Muzinga as escreveu poucos meses após o ocorrido.

Não me agüentava mais em pé. O calor e a densidade da floresta seriam suficientes para acabar comigo após dias perdido, sozinho, cruzando matas nas quais, até en-

tão, poucos haviam se aventurado. Além disso, haviam os mosquitos. Aqueles insetos infernais, que entram zunindo por uma de nossas orelhas e saem pela outra. Lembro-me de que, aos poucos, vi tudo escurecer. Minha visão turvava até que eu não via nem sentia mais nada. Caí inconsciente, diante da densidade da floresta. Derrotado pelas forças da natureza.

Fim? Não, não fora dessa vez. Ao reabrir os olhos, pensei estar em uma outra dimensão, cercado de anjos. De fato, vi-me rodeado por seres com asas, mas estes eram apenas os mosquitos. Soube, então, que estava vivo. Ainda era o ano de 1912, ainda estava no coração da Floresta Amazônica e ainda me chamava Muzinga. Em todos os meus anos de vida, passei por vários apertos, mas esse merece destaque.

Olhei à minha volta. Vi-me dentro de uma oca, sem saber a que tribo ela pertenceria. Não havia registro de índios naquela área. Eu estava debilitado, mas intuí que o meu desmaio dera-se algumas horas antes. Ardia em febre e, por hora, a única solução seria repousar. Fechei os olhos e voltei a dormir. A hora de buscar respostas ainda não era aquela.

— Obrigado, Olee — disse a ele, mesmo sem dominar sua língua. — Devo-lhe minha vida.

Só pude dizer-lhe obrigado dois dias depois, após altos e baixos de febres, delírios e alucinações. Naquela manhã, porém, eu acordara melhor. Olee, um jovem ín-

dio daquela tribo, revelou, humildemente, que me encontrara caído na mata e trouxera-me à tribo.

— Quem salvou sua vida foi o pajé, com suas rezas e seus remédios.

— Na primeira oportunidade, quero agradecer-lhe pessoalmente — disse eu, de forma sincera. — Independentemente disso, devo muito a você.

Gratidão à parte, o fato é que eu ainda estava fragilizado. Continuei de repouso e só levantei na manhã seguinte.

Além de salvar minha vida, Olee foi gentil ao apresentar-me sua aldeia. Uma aldeia típica, que vive da caça, da pesca e do plantio. A terra era de todos e cada um tirava dela o necessário para o próprio sustento. O trabalho da caça e da colheita, assim como a defesa da tribo, cabiam aos homens, enquanto as mulheres eram destinadas a cuidar da casa e dos filhos.

À noite, fui conduzido à oca do pajé, onde ele e mais uma meia dúzia de homens aguardavam-me, além de uma mulher com cara de poucos amigos. O cacique perguntou-me o que vim fazer naquela região e eu contei tudo, sem esconder nada: meu destino era Ibez, uma cidade lendária perdida em território brasileiro. Ibez foi uma das colônias do extinto continente da Atlântida, construída em solo sul-americano há cerca de 11 mil anos. Quem encontrasse Ibez, teria acesso às respostas sobre a criação do mundo e sobre a origem e evolução da humanidade, além das soluções de todos os enigmas para os quais a nossa sociedade atual não tem respostas.

Muitos acreditam — eu, inclusive — que a Atlântida foi um continente habitado por uma civilização mais evoluída do que a nossa, em um passado longínquo. Os atlantes, porém, não usaram com sabedoria suas conquistas tecnológicas e estas se voltaram contra eles. Como resultado, a Atlântida afundou no oceano e seu povo desapareceu por completo, restando hoje somente uma ou outra pista de sua possível existência. Pistas através das quais estudiosos e aventureiros como eu procuram provar que os atlantes realmente existiram.

— Sua nova casa é aqui — disse o cacique, em tom amável e enfático ao mesmo tempo. — Viverá nesta aldeia como um de nós, o que inclui direitos e obrigações. O único direito do qual você não gozará é o de sair dos domínios da tribo. Se isso acontecer, será morto.

Não era uma proposta exatamente hostil. O cacique não queria que eu partisse e divulgasse aos brancos a existência de seu povo. Havia sabedoria nesse receio. Tentei argumentar, mas logo vi que era inútil. A mulher, por sua vez, fez jus à impressão que tive ao vê-la.

— Devemos executá-lo — ela disse. — Este homem nos criará problemas, meu irmão.

O cacique não lhe deu ouvidos. Como uma desgraça nunca vem sozinha, acrescentou em seguida:

— Para que você comece a ser de fato um de nós, quero que se case com Pythia, minha irmã — disse, apontando para aquela mulher. — O ritual será em vinte dias.

Desesperei-me, e não fui o único.

— Você sabe que isso acabará com a minha vida — exclamou Pythia. — Meu irmão, por tudo o que é mais sagrado, peço que mude de idéia.

Mas o cacique dera sua palavra final. Pythia saiu, enfurecida. Eu, por minha vez, acatei as decisões. Por hora.

Caio sente arrepios só de se imaginar naquela situação. Prossegue a leitura, fascinado.

Passei aquela noite em claro. Viver em uma tribo indígena, por si só, não seria um problema para mim. Já fui casado com uma índia (que Deus a tenha, Dinahí) e vivemos felizes por algum tempo, na aldeia em que ela nasceu. Mas eu não suportaria interromper minha saga de viagens e descobertas pelo mundo, nem que fosse para viver em um castelo.

Mesmo assim, eu tinha que me aquietar até descobrir um meio de fuga seguro. No dia seguinte, comecei a participar daquela sociedade. Olee, sempre simpático e sorridente, ensinou-me as técnicas de pesca e plantio. Pela minha idade, acharam prudente que eu não participasse da caça, embora eu tivesse mais saúde que muitos jovens dali. Aquele aprendizado era-me agradável, a despeito da minha condição de semiprisioneiro. Posso dizer que aquele foi um dia prazeroso. Eu mal podia imaginar, porém, o susto que levaria à noite.

Na hora de dormir, ao entrar em minha oca, Pythia me aguardava. Pulei para trás, num reflexo instintivo.

Cheguei a suar frio, mas logo me refiz. Pythia me contou — como se eu não soubesse — que não queria se casar comigo. Um grande ponto em comum entre nós. E fez-me uma proposta.

— Com meus feitiços, posso fazê-lo abandonar o seu corpo temporariamente. Feito isso, eu o conduziria por breves instantes ao passado, levando-o a essa cidade desaparecida que você busca.

Eu ouvia com atenção. Algo tão precioso não viria de graça.

— E o que você quer em troca?

— Que você fuja imediatamente — ela disse.

— Isso é tudo o que eu mais quero, Pythia. Mas a tribo é bem vigiada e, caso eu tente escapar, serei morto, como seu irmão me garantiu.

— Pois o preço que lhe cobro é justamente esse, o de correr o risco. Por mim e por você mesmo. Terá que se arriscar, caso queira conhecer a cidade que busca.

Tentador, não?

— Tudo bem. Estamos acertados — falei, sem pensar nas possíveis conseqüências.

Por uma semana, fiz um regime à base de ervas, preparando meu corpo para a projeção. Ao longo de sete dias de rígida dieta, tive sonhos estranhos, de uma nitidez impressionante. Nos primeiros, via-me sobrevoar a área ao redor da tribo. Lá pelo sexto dia, eu já cruzava o espaço, a flutuar entre os astros e planetas. Eu tinha medo do que viria pela frente mas, independentemente disso, aquela era uma rica experiência.

Nesse meio-tempo, minha noiva revelou-me o porquê de querer-me bem longe dali:

— Sou a pajé da tribo e devo continuar solteira para manter meu cargo. Com a idéia desse casamento, você se tornou um obstáculo para meus planos de manter-me na pajelança.

Quando Pythia julgou-me pronto, fomos a um ponto afastado, fora da aldeia. Questionei-a quanto às ordens do cacique, mas ela tinha os vigias em suas mãos e nenhum deles tentou nos impedir.

Sob a lua, deitei-me em um chão forrado de folhas caídas. Pythia deu-me uma raiz amarga para comer. O gosto horrível passou logo, como que por encanto. Assim como sumiu tudo à minha volta.

Aquela vivência metafísica durou apenas frações de segundos, mas minha sensação foi que se passaram vários minutos. O suficiente para que eu possa afirmar: de certa forma, estive em Ibez.

O teto pode desabar sobre a cabeça de Caio neste momento e ele nem perceberá. Está mergulhado na leitura.

Ouvi som de água. Algo como os sons de uma cachoeira ou da corrente de um rio. Por um instante, senti-me molhado, mas essa sensação foi passageira. Aos poucos, a cidade surgiu à minha volta. O impacto não era o mesmo de estar lá fisicamente. Às vezes parecia um sonho. A gravidade, assim como qualquer outra lei da física, não agia sobre mim. Mas a nitidez com que via tudo garantiu-me que aquela experiência era real.

Ibez estava em ruínas e desabitada. Isso me deu a certeza de ter me deslocado no espaço, mas não no tempo. Comecei a vê-la do alto e fui me aproximando aos poucos, num movimento semelhante ao pouso de um avião.

Uma muralha de pedra com sete entradas rodeava a cidade. Esta muralha era alta e, sobre as entradas, havia postos de vigia, para barrar os invasores. A cidade era construída em círculos, com ruas partindo de seu centro. Vi também canais e barragens, além de arranha-céus construídos por enormes blocos.

Dirigindo-me ao centro de Ibez, encontrei templos esplendorosos, de uma beleza ímpar, planejados e construídos com requinte. Cortando uma larga avenida, uma pirâmide gigantesca era rodeada por pirâmides menores. Este complexo irradiava um brilho que muito me intrigou. Mas, por algum motivo, minha intuição fez-me passar direto por elas, pois o tempo era pouco e o mais importante estaria à frente.

Diante da praça central, ficava o Grande Templo de Ibez, a construção mais majestosa de toda a cidade. Por fora, suas paredes, feitas de pedras precisamente cortadas, não tinham enfeites. As paredes interiores eram forradas por imagens em relevo.

Ainda no interior do Grande Templo de Ibez encontrei aposentos dos sacerdotes, de guerreiros e de criados. Porém o que mais me marcou foi uma caveira de cristal, colocada sobre uma grande arca de pedra embutida na parede. Uma camada de pó cobria a caveira e eu não podia removê-la; quis tatear este objeto tão enigmático e envolvente, mas o fato é que meu corpo não estava ali.

Senti-me desnorteado a partir de então. Tudo me dizia que as respostas que eu procurava estavam, de alguma forma, na caveira de cristal. A vontade de tocá-la foi tanta que, ao forçar um contato físico impossível, acabei por mexer o meu braço, o que atrapalhou minha viagem astral. Com isso, voltei, aos poucos, a sentir o meu corpo, e Ibez, assim como o Grande Templo e a caveira de prata, ficaram cada vez mais distantes. Tudo escureceu. Desesperei-me ao ver que minha expedição metafísica terminava antes da hora.

Instantes depois eu estava de volta, ao lado de Pythia, abobado com o que vi. Mas tive que voltar a pôr os pés no chão. Eu estava fora dos limites da tribo e poderia ser descoberto — e morto — a qualquer momento. Não havia tempo a perder.
Dei adeus a Pythia e fugi daquele lugar, sem rumo, sem provisões, sem uma bússola sequer. Nas próximas páginas, relato como consegui voltar ao Rio de Janeiro.
Lamentei não poder me despedir do cacique, pois simpatizara com ele. Quanto à condição que me impôs, eu podia compreendê-lo perfeitamente e o fato é que fui muito bem tratado enquanto estive lá. Mas ele pode ficar tranqüilo, pois jamais revelarei a localização da tribo e sequer guardo aqui qualquer registro de seu nome.

Caio não encontrou as páginas seguintes. Mesmo assim, boquiaberto, relê por mais duas vezes o relato.

capítulo 2

O verão chega com tudo. Com ele, vêm as férias. Caio não gosta da nova escola, mas lá, ao menos, há Juliana. Juliana, sua colega, a mais linda de todas. Talvez outros nem a achem tão bonita, mas Caio pouco se importa. Para ele, Juliana é uma diva. É toda a graça do mundo resumida em uma única garota.

Ela o acha esquisito — ao menos, é o que Caio suspeita. Deve ser difícil para ela descobrir um rapaz carinhoso por trás daquela cara sisuda. Ele pode ir até sua musa e abrir-se por inteiro, mas e a timidez? Treme só ao pedir-lhe a borracha emprestada...

Com as férias, passará seus dias sem vê-la. O pior é que não há muito o que fazer em casa. Entre um livro e outro, seu passatempo preferido é revirar, no meio da noite, as anotações de Muzinga. Por que ele não conta sobre suas viagens? 199 anos... Quanta coisa curiosa ele viveu! Quantos lugares fascinantes visitou, e quantas pessoas interessantes deve ter conhecido. Quantas — e quantas viu morrer!...

Num relance, coloca-se em seu lugar. De todos os amigos e parentes de cem, cento e cinqüenta anos atrás, não há mais um sobrevivente sequer. Aliás — Caio sente um calafrio — o velho viu toda uma humanidade nascer e sucumbir. Todas as pessoas que havia no planeta quando ele tinha, digamos, 30 anos, já morreram. Só Muzinga restou e é Caio quem se sente solitário...

O fato é que, à noite, seu tataravô o chama para conversar.

— Vou fazer uma longa viagem e não sei quando volto.

— Para onde vai?

— Desculpe, Caio, mas não posso contar. É segredo.

— Ah...

— A minha dúvida é: o que faço com você?

— Comigo? Como assim? — questiona Caio.

— Ora, vou passar muitos dias fora. Acha que vou deixar você sozinho, nesta casa?

— Ué, por que não?

— Por que não? Tem coragem de fazer tal pergunta com essa cara de peixe-boi? Você é só um garoto! O que fará se eu ficar dois meses longe?

Ao levantar essa hipótese, Muzinga o surpreende.

— Caramba, é para tanto?

— Não sei, tudo é possível. Até mesmo que eu nunca mais volte, caso algo me aconteça.

— Nunca mais? — pergunta Caio, assustado.

— Mas não se preocupe. Você ficará em boas mãos — promete Muzinga sorrindo, como se assim tudo fosse resolvido da melhor forma.

Caio incomoda-se ao ver como o velho trata com naturalidade algo tão sério.

— Mas, assim?... Vai viajar sem dizer pra onde, não sabe quando retorna e nem se retorna... Acha que basta me deixar nas mãos de alguém responsável e pronto?

— Ora essa... Qual é o problema?

— Eu havia entendido que você, apesar de tudo, é a minha família, mas vejo agora que me enganei. O meu tataravô me trata apenas como um cachorrinho que vai mudar de dono.

Os dois ficam em silêncio por três longuíssimos segundos.

— Um cachorrinho? Não, eu... — Muzinga não sabe o que falar. Caio fora certeiro.

— Não estou chateado. Sei que, para você, deve ser duro afeiçoar-se a alguém novamente, depois de perder tantas pessoas queridas ao longo de 199 anos. Só acho que não precisa se manter desse jeito, tão... distante de mim.

Muzinga continua sem ação, surpreso com o que ouve.

— Terminou o que tinha para falar? Então, vou para o meu quarto. Quando me arranjar um novo dono, avise, por favor — diz Caio, fazendo um pouco de teatro.

A porta do quarto se fecha. Muzinga apenas olha, com cara de bobo.

— Acho que mereci essa — diz, falando sozinho.

Muzinga, constrangido, ajeita o seu chapéu. Sim, mesmo dentro de casa ele usa um na cabeça, daqueles do tipo clássico. Quem o vê, sabe que está diante de um sujeito excêntrico. Senão, como qualificar um homem que anda para todos os lados de chapéu, camiseta, calça social e chinelos? Dá para imaginar que primor de combinação? E o mais curioso é que, mesmo vestido deste jeito inusitado, nem moderno nem conservador, nem esporte nem social, nem lá nem cá, aquele mulato de cabelos e barbas brancas consegue impor respeito. Alguém com 199 anos de vida pode tudo, mesmo aparentando, no máximo, uns 60 — o que é o seu caso.

Ele quer ignorar as acusações de Caio, mas não consegue. O moleque tem pulso firme! Logo ele, que parece tão calado. Pensando mais um pouco, Muzinga conclui: não é que ele tem razão? Quanta maturidade para um fedelho de... quantos anos mesmo? Treze? O que são 13 anos, meu Deus? Trinta anos para Muzinga não significa nada, que dirá 13!

— O garoto nasceu anteontem e já me peita!

Dos filhos, netos e tataranetos que teve, Caio, hoje, é o seu descendente mais próximo. Ele é abusado. Muzinga gosta disso.

Esse velho mergulhou em suas pesquisas de corpo e alma, mas repara, finalmente, no tatataraneto com quem mora há alguns meses. Sente vergonha por sua omissão e decide consertar o erro.

— Posso falar com você? — pergunta Muzinga, entrando no quarto do garoto.

— Manda — resmunga Caio, sem tirar os olhos da revista que tem nas mãos.

— Trata-se apenas de uma pergunta. Gostaria de viajar comigo?

Ele não acredita no que ouve.

— Viajar com você? Mas... é claro!

— Calma, não é simples assim. Antes, conversaremos um bocado. Essa viagem implica riscos e perigos.

O velho hesita por um instante, mas segue firme.

— Vou revelar segredos guardados a sete chaves, que envolvem grandes responsabilidades, e você vai ter que jurar mantê-los em sigilo.

— Tá mais do que jurado!

Muzinga o encara e, novamente, ajeita o chapéu.

— Você me abriu os olhos, garoto. Depois de 199 anos, eu subestimei as suas 13 primaveras, mas agora vejo que há quase um homem aqui, diante de mim.

— "Quase"?...

— Tenho dois séculos de vida, mas não sou imortal. Se lhe interessar, quero fazê-lo meu discípulo.

Por pouco, Caio não cai para trás.

— Se eu não chegar aos 300, você continuará minha saga.

Que mudança drástica em tão pouco tempo! Imagine só: partilhar dos segredos e das façanhas de Muzinga! O que seria mais fascinante que isso?

— Vamos à biblioteca. É lá que a nossa aventura tem início.

capítulo 3

A biblioteca particular de Muzinga é um tesouro de cultura e conhecimento. No maior cômodo da casa — bem espaçoso, por sinal — há um acervo precioso, de matar de inveja os mais obstinados colecionadores de livros. Aquele, porém, é um recinto privado. Raras foram as pessoas que puderam consultar tais volumes, o que só aumenta a responsabilidade de Caio. Muzinga confia no tataraneto e dá provas concretas disso.

— Quantos livros! Nem a biblioteca pública tem tantos — exclama o rapaz.

— Aqui há obras de épocas diversas — explica Muzinga. — Os volumes mais arcaicos datam do século XVII. Custaram-me uma fortuna.

— Nossa! Mais antigos que você!... — diz Caio, questionando-se de imediato se cometera ou não uma gafe. — Do que eles tratam?

— A maior parte é sobre países, culturas antigas, lendas, mitologias e religiões. Há também dicionários e gramáticas, os mais variados. Nesta prateleira, por exemplo, você pode aprender sobre quarenta línguas diferentes.

— Quarenta?

— Lembre-se, Caio, de que todos os cantos da Terra já foram pisados por mim. Conheço a maior parte do planeta e falo cerca de 80 idiomas, incluindo dialetos e línguas mortas.

— Ufa!... E eu, com dificuldades nas aulas de inglês...

— Aqui, o português impera, mas há também livros em espanhol, francês, inglês e italiano; as línguas mais próximas. E, se procurar, encontrará ao menos um tomo em qualquer idioma do qual já tenha ouvido falar: sânscrito, latim, hebraico, grego, japonês...

— Nossa! Para que isso tudo?

Muzinga se irrita com o que ouve.

— Você quer saber para que tenho livros? É esta a sua brilhante pergunta?

— Não questiono seus livros — defende-se Caio. — Só quero saber se há algum motivo específico para tantas viagens e pesquisas, ou se você é impulsionado puramente pelo prazer.

Muzinga sorri.

— Esta, sim, é uma pergunta inteligente.

Ele puxa uma cadeira. Sinal de que o diálogo começará para valer.

— Pois vou lhe responder, meu caro tataratataneto.

Caio mantém-se de pé. Muzinga baixa o tom da voz, o que força o garoto a aproximar-se, e diz:

— Eu busco respostas.

A tarde some. A conversa prossegue por horas. Caio não vê o tempo passar. A cada palavra do tataravô, cresce o fascínio por este homem intrigante. Muzinga é o seu herói. Caio já sonha em ser como ele.

Restará agora alguma graça naqueles mocinhos dos filmes de ação? Bela porcaria; estes se fazem apenas de músculos, armas e um bocado de boa sorte. Mas Muzinga vai além. O velho é inteligentíssimo — e sabedoria, conhecimento e cultura podem ser o princípio de aventuras mais fascinantes que as proporcionadas por um par de braços marombados. Percorreu todos os cantos do planeta, mas isso não é tudo. Ele decifrou cada lugar onde esteve e cada povo pelo qual passou. Desafiou-os, muitas vezes, e continua a desafiar; investigando, analisando, desvendando. De civilizações antigas até a vida após a morte. Ponha a mais completa das enciclopédias diante dele e nem esta fará frente ao seu conhecimento. Pois Muzinga não apenas leu. Muzinga viu. Muzinga enfrentou, Muzinga conheceu. Mais que qualquer outro.

Caio presta atenção. Devora cada palavra. Evita interrompê-lo; só o faz quando tem uma pergunta imprescindível. No mais, se cala. Escuta e aprende.

Muzinga narra sua epopéia na busca por respostas. Quem somos nós? De onde viemos? Para onde vamos?

O que realmente aconteceu ao longo de nossa história? São perguntas fáceis de se fazer, mas como achar as soluções? A cruzada de Muzinga dura dois séculos e nem mesmo ele as tem. Mas o aprendizado ao longo desta jornada é algo fantástico e recompensador.

Todos nós mudamos com os anos e esse mulato de 199 anos não haveria de ser uma exceção — ao menos nisso. Houve um tempo em que suas expedições eram movidas por objetivos menos nobres. Muzinga foi um exímio caçador de tesouros. Descobriu fortunas ocultas há séculos por povos antigos ou por um ou outro pirata que não teve tempo de gastar seu ouro com mulheres e bebida. No entanto, diante de sua sede de saber, o dinheiro ficou em segundo plano. Ele descobriu — muitas vezes, da pior forma — que ser dono de grandes somas não é um mar de rosas. Riqueza exige responsabilidade — palavra que assusta Muzinga, um idoso com alma de moleque. Hoje, não se pode dizer que ele viva no luxo. Gastou, nas últimas décadas, a maior parte dessa dinheirama, mas tem economias suficientes para financiar suas futuras peregrinações.

A noite se aproxima. Agora que Caio já sabe com quem conversa, é hora de Muzinga falar, finalmente, sobre a viagem.

— Como eu lhe disse, Caio, essa excursão pode ser perigosa. É um salto ao desconhecido. Ainda me assusta a idéia de levá-lo comigo, mas um dia o periquito tem que sair do ninho e aprender a voar.

— Periquito?

— Nós não compraremos um pacote turístico na agência de viagens mais próxima. Aonde vamos, não há hotéis nem restaurantes e, para falar francamente, não tenho idéia do que veremos por lá. Posso fazer uma ou outra suposição, mas sem qualquer certeza de nada.

— E que lugar é esse, afinal? — questiona Caio, exalando curiosidade pelos poros.

Muzinga, enigmaticamente, aponta para o chão.

— Ei-lo.

— Hein?... Do que você fala?

— Das profundezas.

Caio entende menos ainda.

— Para ser mais exato, do interior do planeta.

Seu tataraneto fita-lhe os olhos como quem vê um louco, mas Muzinga não dá tempo para especulações sobre sua saúde mental.

— Faz tempo que eu e Lázaro, meu grande companheiro de aventuras, unimos forças em nossas pesquisas sobre um mesmo enigma: a localização da cidade perdida de Ibez. Ao longo de muitos anos da minha vida, procurei por esta cidade e sei que ao menos uma vez eu quase estive lá, mas a verdade é que jamais consegui provar sua existência.

O garoto lembra do que acabara de ler sobre Pythia e a projeção de Muzinga à cidade de Ibez, mas não dá um pio sobre isso, ou terá que confessar que lê escondido suas anotações.

— Há poucos meses, Lázaro deu por encerradas

suas pesquisas. Ele se convenceu de que descobrira a exata localização de Ibez e resolveu partir em sua busca.

— E você? — pergunta Caio.

— Minha avaliação final foi que nossos estudos não levaram a nada. Lázaro não conseguiu me convencer quanto às teorias que defende. Para ele, a terra oca é uma realidade. Estava tão certo disso que partiu decidido a provar sua existência, há dois meses.

— Terra oca? — pergunta Caio, pasmo.

— Sim, e não são poucos os que acreditam nessa hipótese. O globo terrestre seria oco, com uma continuação do nosso mundo em seu interior. Dentro do planeta, existiriam oceanos, florestas, nuvens, rios, montanhas... Exatamente como aqui, na superfície.

Caio não sabe o que pensar.

— Lázaro convenceu-se de que Ibez foi construída no mundo subterrâneo, com base em lendas indígenas, textos budistas e teorias sobre o destino dos incas e seu ouro, que os espanhóis nunca puderam encontrar.

— Mas... Isso é incrível!

— Incrível demais — diz Muzinga, concordando.

— Mesmo eu, que já vi coisas que até Deus duvida, acho difícil crer nisso. Mas a questão é que Lázaro contratou vários homens para formar uma expedição e seguiu em sua busca por Ibez. Antes, porém, combinamos que eu iria em seu socorro, caso ele não retornasse em trinta dias.

— Então, essa é a nossa viagem? — pergunta Caio. — Uma missão de resgate?

— Sim. Ao interior do planeta. Ou seja lá em que lugar Lázaro resolveu se perder.

O velho põe a mão sobre o ombro do tataataraneto.

— Agora que sabe de tudo... Quer ir mesmo assim?

O brilho nos olhos de Caio faz desta uma pergunta desnecessária.

capítulo 4

Sorte o tempo estar bom. O ideal, numa situação como essa, é quando não chove nem faz sol em demasia. As pernas de Caio fraquejam. Mau sinal, pois andam há uma hora e meia e haverá caminhada por outras duas ou três, até o fim do percurso. Se o garoto souber que as próximas etapas serão mais árduas, talvez dê meia-volta ali mesmo — ou talvez não. Caio é determinado e, ao se conscientizar de que há muito chão pela frente, redobra suas forças e prossegue, mantendo o ânimo.

Muzinga, por sua vez, é uma afronta. Caminha como se aquele fosse um passeio na praça e sequer está suado. Isso é mesmo um feito, pois até a mais fácil das trilhas que levam ao topo da Pedra da Gávea exige certo preparo físico. A subida é penosa, mas ele nem pensa nisso. Apenas estranha o aparente cansaço de Caio, um rapaz tão jovem.

*

A Pedra da Gávea é o maior bloco de pedra à beira-mar do planeta. Fica no Rio de Janeiro e é uma de suas mais belas montanhas. Três dias antes, na conversa da biblioteca, Caio se surpreendeu ao saber que a entrada para o mundo subterrâneo se localizaria em seu topo.

— Apenas uma das entradas — corrige Muzinga. — Segundo nossas pesquisas, haveria passagens ocultas em vários pontos do planeta, como México, Estados Unidos, Peru, Egito, Tibete e mesmo outros cantos do Brasil. Isso, claro, se esse mundo existir, o que eu duvido.

— O acesso para onde seguiremos é o mesmo que Lázaro escolheu?

— Sim. Por que ele se despencaria para o Oriente, quando um dos portais estaria aqui mesmo, no Rio?

Caio olha para baixo, nota a altitude e engole em seco.

— Prefiro não ouvir o verbo despencar, ao menos até superarmos esse trecho...

— Não seja dramático. Nosso passeio nem começou direito — diz Muzinga, com um sorriso sádico na boca. — Espere para ver o que nos aguarda!

Apesar do humor, Muzinga está encucado. Se Caio reclama já nessa etapa inicial, terá ele fôlego e garra para ir até o fim?

Oitocentos e quarenta e dois metros de altura separam o topo da Pedra da Gávea do mar. Situada no Parque Nacional da Tijuca, ela é acessada por três vias diferentes. A dupla de aventureiros optou pela trilha que tem início na Barra da Tijuca, por esta ser de fácil acesso. O

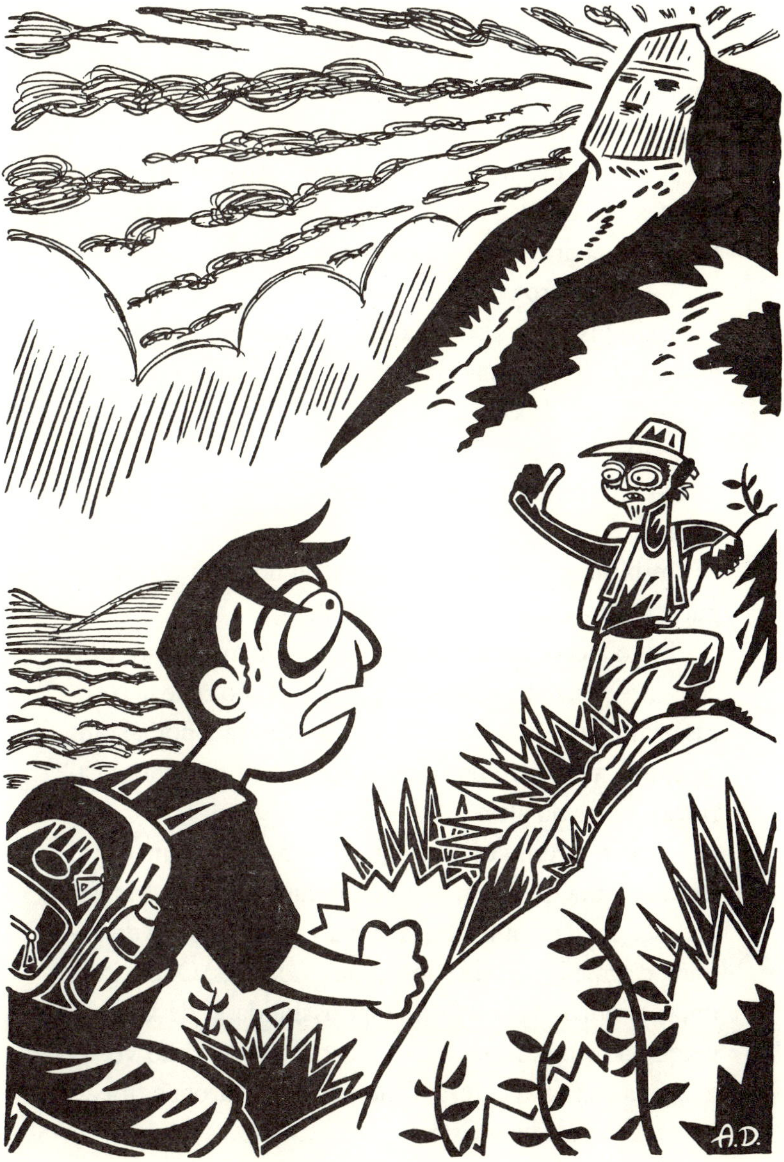
A.D.

ecossistema da montanha é típico da Mata Atlântica secundária. Lá, encontram-se árvores de diversos portes. Exceto no topo, onde há pouquíssimas delas. Ali, o que mais se vê é capim.

A subida alterna trechos fáceis e outros um tanto íngremes. Nestes últimos, Muzinga e Caio têm que segurar firme em pedras e nas raízes de árvores.

— Ai!... Droga!...

Caio pisa em falso na areia e escorrega dois metros abaixo. Rala as palmas das mãos e suja o joelho da calça.

— Caio! Tudo bem?

— Só um susto. Nada sério.

— Venha — chama Muzinga. — Logo faremos uma pausa.

Inspirar pelo nariz e expirar pela boca. O garoto segue à risca a dica de seu tataravô.

Logo alcançam um platô e nele sentam-se para descansar. A vista magnífica faz com que Caio renove o entusiasmo. Jovem e velho ficam a admirar, por alguns minutos, a imagem da floresta e a beleza das praias cariocas, vistas do alto.

Bebem alguns goles de água. Cada um traz um cantil de um litro, junto com o resto do equipamento. Mapas, bússola, cordas, canivete, lanternas e pilhas, além de comida e agasalho. Tudo socado nas mochilas. Outro item imprescindível está sob a responsabilidade de Caio: a máquina fotográfica. Juliana ficaria fascinada ao ver as imagens de sua aventura. Caio pensa na garota e tira algumas fotos da bela vista.

— Existem mitos intrigantes sobre a Pedra da Gávea — conta Muzinga, guardando o cantil. — Uns dizem que há um portal para outra dimensão em seu interior. Outros declaram que seu topo é um aeroporto de discos voadores. Sem falar nos boatos que narram, como sempre, sobre tesouros escondidos.

— Você acredita em algum?

— Para mim, apenas uma lenda tem chance de ser verdadeira. Dá uma olhada ali — indica Muzinga, apontando para o topo da montanha.

— Ali? — confere Caio.

— Sim. O que vê?

— O topo da Pedra da Gávea. Nada mais.

— Observe atentamente.

Caio obedece, curioso.

— Estranho...

— O quê? — pergunta o velho.

— Parece um rosto de pedra. Consegue ver?

— Sim, a lenda a que me refiro envolve justamente este rosto.

— É a ele que nos dirigimos? — pergunta o rapaz.

— Sim. A caverna pela qual entraremos corresponde à orelha deste gigante de pedra. Alguns estudiosos defendem que tal imagem foi esculpida pelos fenícios, um povo antiqüíssimo especializado no comércio marítimo. Supostamente, o rei Badezir teria fundado aqui uma colônia lá pelo ano de 850 a.C., após fugir dos assírios. A história oficial, porém, não possui indícios da passagem de fenícios pelo Brasil ou por qualquer país das Américas.

— O que faz alguns acreditarem em sua vinda? — questiona Caio, sinceramente interessado.

— Numa das faces da montanha, que não pode ser visualizada daqui, certas falhas não seriam marcas naturais e, sim, inscrições fenícias, por mais que ninguém consiga decifrá-las completamente.

Muzinga sente o entusiasmo de Caio e conta novas curiosidades sobre o lugar. Se isso acalmá-lo, melhor. Mais à frente, eles chegarão à parede de cerca de 30 metros de altura, conhecida como carrasqueira, a etapa mais perigosa de toda a trilha (a propósito, é melhor que Caio nem saiba desse nome sinistro...). Muzinga providenciara, na véspera, os equipamentos necessários para escalarem o paredão com segurança, visto que muitos já morreram nessa subida arriscada.

Após dez minutos de repouso, seguem viagem. O trecho é inclinado e irregular, mas Caio dá passos mais firmes. Com isso, mesmo com mais obstáculos, ele mantém a média de escorregões, derrapadas e tropeções da etapa anterior.

— Veja! — exclama o jovem ao apontar para os galhos da árvore.

— São micos. Por que não os fotografa também?

Caio tira a foto valendo-se somente da luz natural. O céu está aberto e o clarão do flash espantaria os bichos.

— Talvez encontremos outras espécies interessantes — acrescenta Muzinga. — Por aqui há tucanos, pacas e gambás.

— Gostaria de vê-los.

— Até mesmo as cobras?
— Cobras? — pergunta Caio, de olhos arregalados.
— Sim, por aqui há muitas. Inclusive...

Muzinga faz uma pequena pausa teatral, com ar de suspense.

— Cuidado! — grita subitamente, apontando para os pés do garoto.

Caio berra:

— Hein??? — e dá um pulo de três metros para trás.

Ele olha assustado para o chão, mas nada vê.

— Ah, ah, ah! Você é mesmo medroso, fedelho!
— Droga, que brincadeira foi essa? Quer me matar do coração?
— Calma — diz Muzinga, cinicamente —, foi só para descontrair... Ah, ah!
— "Descontrair"... Muito engraçado!

Caio não se diverte ao ser feito de tolo, mas sente vontade de rir ao imaginar a peça que armará, mais à frente, para vingar-se de Muzinga. Quem sabe o velhote não perde um pouco desse ar prepotente?

Muzinga ri mais um pouco e retoma a conversa.

— Contarei sobre minha infância. Foi quando ouvi falar pela primeira vez na possível existência de um mundo subterrâneo.

O bom humor de Caio ressurge das cinzas.

— Sou todo ouvidos.

capítulo 5

Minha santa mãe foi escrava. Morreu quando eu tinha 6 anos, sem nunca revelar o nome de meu pai. A única certeza que eu tinha — mas nem isso ela confirmou — era a de que ele tinha pele branca. Dado o tom escuro de sua pele, mamãe não poderia ter de outra forma um filho mulato como eu.

Nasceu e morreu na fazenda Auriverde, no município de Vassouras. Assim como ela, foi lá que eu nasci. Fui batizado como Lucas. Muzinga veio depois, logo lhe conto como.

Não tive pai, mas tive dono. Eu, minha mãe, a fazenda e mais uns 120 escravos éramos propriedade de Hercílio Janotta, o Barão de Resplendor. Um homem amável com sua família, respeitado nas redondezas, mas violento e tirânico com os escravos.

Trabalhávamos todos os dias. Os escravos domésticos serviam na casa-grande ao Barão e sua família. Mas eu era escravo de eito e pelejava na lavoura desde os 7 anos.

Dava duro todos os dias, das cinco da manhã às cinco da tarde. Descanso, só nos dias santos católicos.
Salvador foi quem me criou após a morte de minha mãe. Não tínhamos qualquer parentesco, mas ele cuidou de mim com o carinho que um pai tem pelo filho. Eu o chamava de padrinho. Era o escravo mais velho de todos. Tinha mais de 60 anos — fato raro — quando contei-lhe a primeira vez sobre meu desejo.
— Fugir, Lucas? Que loucura é essa? — perguntou ele, surpreso.
— Loucura é aceitar essa vida e não reagir — exclamei.
Conversávamos ao fim da tarde, depois das festas dedicadas a Iemanjá. Eu tinha então 16 anos e estava farto de ser cativo. Como se pressentisse a vida de viagens, aventuras e descobertas que me aguardava, não suportava nem mais um minuto daquela rotina aviltante. Indignava-me ser tratado como gado. Dava minha vida pelas plantações de café do Barão e recebia em troca dois pratos diários com restos de comida e uma rede velha para dormir, lá na senzala.
— Não sei ainda como farei. Mas estou decidido a sumir daqui, nem que para isso eu tenha que matar — afirmei, para espanto de Salvador.
— Jamais repita isso! — disse ele, ralhando duramente comigo. — Matar, Lucas? Por que tanto ódio no coração?
— Por quê? Ainda pergunta?
Virei-me de costas e mostrei-lhe as marcas das cin-

qüenta chibatadas que o feitor Juscelino aplicara em mim, um mês antes.

— Não precisa me mostrar suas cicatrizes. Cada chibatada que cortou a sua carne marcou a minha alma também.

Lembrei-me que Salvador estava quase cego devido à catarata e arrependi-me da gafe.

— Você esperava o quê, rapaz? Desobedeceu ao feitor Juscelino, respondeu com um soco à sua provocação e depois não quer ser castigado? Além do que, foi o Barão quem ordenou as chibatadas.

— O Barão é um canalha, mas Juscelino não fica nada a dever. É negro que nem nós, mas nos trata como bichos só porque virou feitor!

— Mas você não pode mudar isso, Lucas.

Eu não podia aceitar que alguém tão sábio fosse, ao mesmo tempo, tão passivo.

Aprendi a ler e escrever graças ao padrinho. Antes de ser comprado pelo pai do Barão, Salvador foi cativo de um alfaiate, cujo filho ensinou-lhe o alfabeto. Aliás, eu tinha uma cultura ímpar para um escravo. Naquela época, nos anos 1820, o tráfico negreiro estava no auge e sempre chegavam à fazenda escravos trazidos de diferentes regiões da África, que não falavam ainda o português. Estes, no geral, eram mais revoltados e rebeldes que os chamados crioulos — negros nascidos no Brasil — e talvez por isso mesmo eu me aproximava mais deste grupo. Com isso, aprendi vários idiomas diferentes, como o iorubá e o quimbundo.

Salvador e eu interrompemos a conversa quando o feitor Juscelino aproximou-se. Fez que não reparava em nós dois, numa tentativa patética de ouvir nossa prosa. As festas do terreiro terminaram e os escravos participantes dirigiam-se à senzala, para dormir e juntar forças para mais um dia pesado de trabalho.

— Se eu fugir — cochichei ao ouvido de Salvador —, vingo-me antes de Juscelino. E do Barão também.

O padrinho nada disse. Apenas balançou a cabeça desanimado, em sinal de reprovação.

Dormíamos todos na senzala, para onde éramos recolhidos após cada dia de trabalho. Homens e mulheres deitavam separados. Conforto ali era palavra de significado desconhecido. Havia poucas camas de palha e a maioria passava as noites sobre redes ou da forma que pudesse improvisar.

Salvador estava cada vez mais distante do trabalho pesado na lavoura. Além da idade — naqueles tempos, 60 anos era uma idade avançada — sua visão, a cada dia mais fraca, incapacitava-o para a maior parte das tarefas. O Barão destinava algumas atividades simples para ele, com o intuito de não deixá-lo desocupado. Na minha visão ainda ingênua, eu o via como um privilegiado. Foi uma rápida conversa com Jacira, durante a colheita, que me abriu os olhos.

— Salvador é mesmo um homem incrível — ela comentou. — A morte se aproxima sorrateiramente para atocaiá-lo a qualquer instante e ele mantém o rosto sereno.

Assustei-me ao ouvir tais palavras e deixei a enxada cair.

— Ele está doente? — perguntei.
— Vai dizer que não sabe do que falo?
— Não tenho a menor idéia.
— Então, talvez seja melhor continuar sem saber — respondeu Jacira, ávida para contar-me tudo.

Antes que eu fizesse qualquer pergunta, ela prosseguiu:
— Está bem, você ainda é garoto. Era muito novinho quando Vó Nina e seu Juliano foram desta para melhor.

De fato, eu era muito criança na época deles, mas ainda podia lembrar-me dos dois. Vó Nina marcou-me mais; lembro das histórias que ela contava. Suei frio ao ouvir estes nomes, sem saber exatamente o porquê.

— Eram já velhinhos, assim como Salvador é hoje — continuou a dizer. — Um dia, Juliano caiu duro pouco depois do almoço, após vomitar as tripas. Parecia que ele tinha sido envenenado, mas o Barão apressou-se em dizer que ele morreu entalado com um osso.

— E o que aconteceu com Vó Nina? — perguntei, sem me conter.

— Seu corpo foi encontrado boiando no riacho, uns meses depois. Todo mundo estranhou, pois Vó Nina nunca ia para aqueles cantos.

— Você quer insinuar que alguém os matou?
— É o que todo mundo pensa — garantiu Jacira. — Se bem que ninguém sai comentando por aí uma acusação dessas contra o Barão.

— Mas por quê? Que o Barão mandasse matar um escravo rebelde e fujão, não seria surpreendente. Vó Nina e Juliano, porém, eram certamente os escravos mais pacatos, mais comportados entre todos!

— Sim, pacatos e comportados. Mas, ao atingir uma idade mais avançada, cometeram o pior dos crimes.

Sadicamente, Jacira fez uma pausa para aumentar o suspense, até esclarecer de vez.

— Eram escravos improdutivos.

O mais assustador para mim foi que isso fazia sentido, por mais macabro que fosse. Afinal, por que o Barão, um homem que desprezava tanto os escravos, continuaria sustentando dois negros que já não tinham mais a mesma capacidade de trabalho dos jovens? Seria mais econômico se eles morressem, de fato. Fiquei tonto ao ligar essa conclusão a Salvador.

— Você acha que o padrinho...

— Cego e idoso? Nem sei como ele ainda está vivo — disse Jacira, retomando o trabalho.

Naquela noite, não consegui pregar os olhos. Eu queria abraçar-me ao padrinho, queria chorar com ele, mas nada podia fazer. Ele precisava de conforto e esperança, não de alguém que o lembrasse de que sua vida corria risco. Achava-me muito esperto, mas só então descobri o quanto ainda era ingênuo. Por que chocar-me com essa lógica do Barão? De certa forma, fazia sentido: para ele, éramos coisas e não indivíduos. Quando uma coisa não nos serve mais, ela é jogada fora. Assim ele fez com Vó

Nina e com Juliano. Provavelmente o faria com Salvador também, e com qualquer outro que ousasse envelhecer. A essa altura do campeonato, não imaginava que meu ódio pelo Barão pudesse aumentar. Pois quintuplicou.

Não que todos os escravos fossem submissos, como pode parecer neste relato. Havia rebeliões e fugas por todo o país, e mesmo o Barão teve problemas com escravos revoltosos. Mas ninguém reagiu quanto às mortes dos dois escravos idosos, talvez porque a certeza de que houve crime, e não mortes acidentais, foi se formando aos poucos entre os cativos da fazenda.

Poucos dias depois, o padrinho veio conversar comigo à noite, após mais um dia de trabalho duro. Queria falar-me longe de todos e acompanhei-o até o barranco, num ponto onde quase não havia iluminação. Sua expressão me preocupou, parecia anos mais velho. Se sua intuição continuasse apurada, algo de muito ruim estava para acontecer.

— *Você ainda pensa em fugir?*
— *Sabe que sim.*
— *E o que está esperando?*
Surpreendi-me com sua pergunta.
— *Não é tão simples. Fugir para onde? Isso tem que ser planejado. Ouvi alguns boatos sobre o quilombo Esmeralda, que ficaria nestas redondezas, mas não tenho idéia de sua localização.*
— *Se o problema é só esse* — *disse Salvador* —, *não há mais nada que o segure aqui.*

— Você conhece o caminho que leva ao quilombo Esmeralda, padrinho?
— Sim.
Segurou as minhas mãos, como fazia sempre que tinha algo importante a dizer.
— O quilombo, porém, não é a sua única opção de refúgio.
Salvador olhou para os lados e, ao certificar-se de que continuávamos sozinhos, continuou:
— Se estiver disposto a seguir uma rota de fuga mais longa e arriscada, posso indicar-lhe um lugar onde você viverá até o fim de seus dias com a certeza de jamais ser recapturado novamente.
— Que lugar é esse? — perguntei, ansioso.
— Não se trata exatamente de um quilombo.
Como já deve ter deduzido, meu caro tataraneto, Salvador falava-me sobre o mundo subterrâneo. Este mesmo que Lázaro acredita existir. O padrinho contou-me maravilhado sobre o que ouvira falar desta utopia, da boca de fugitivos que lá estiveram e voltaram para ajudar na fuga de outros negros. Sua descrição era de algo quase milagroso; melhor que aquele lugar, só mesmo o Paraíso bíblico.
Ouvi seu relato até o fim. Atento, mas incrédulo. Tudo me parecia fantasioso demais.
— Por que está me contando isso, padrinho? — questionei-o, finalmente. — Sempre foi contra minha fuga.
— Sinto que meu fim está próximo. Isso me faz pensar um bocado. De repente, desesperei-me ao imaginá-lo tendo um final miserável como o que me aguarda.

Aquelas palavras cortaram-me o coração e estão marcadas até hoje na minha alma.
Tentei dar-lhe novas esperanças.
— O seu fim não chegou ainda, velho Salvador. Vamos fugir juntos, e garanto que viverá feliz os anos que lhe restam.
Minhas palavras eram sinceras, mas ingênuas.
— Eu não tenho mais forças para isso... A opção que fiz foi esta: viver e morrer aqui. Agora é tarde para mudá-la. Mas, com você, é diferente.
Perguntei-lhe sobre como chegar ao quilombo, evitando mostrar-me cético quanto a esse lugar maravilhoso sobre o qual ele falou, para não magoá-lo.
— Assim — eu disse —, terei uma segunda opção, caso eu não encontre a entrada para o mundo subterrâneo.
Salvador contou-me tudo, detalhadamente. Tive que ouvir também, por consideração ao padrinho, as explicações sobre esse paraíso perdido. Fingi prestar atenção, mas o que tomava minha mente era uma coisa só: o quilombo Esmeralda.

Por mais que eu sonhasse, havia tempo, com a minha fuga, o fato é que, quando ela tornou-se viável, senti um frio na barriga. Eu sonhava com a liberdade, mas as chances de que esse passo ousado resultasse na minha morte eram enormes. Passaram-se semanas após nossa conversa sem que eu tentasse uma ação efetiva.
Um dia chuvoso cessaria esse impasse e mudaria meu destino para sempre. Quando o feitor Juscelino chamou

a todos os escravos para fazer um comunicado, pude pressentir o que ele tinha a dizer. Enquanto todos se juntavam para ouvi-lo, meus olhos buscavam freneticamente por Salvador, sem sucesso.

Aquele suspense torturava-me a alma. Por mais que o procurasse, eu via Salvador apenas na minha mente, relembrando-me da conversa que tivéramos na véspera.

— E então, Lucas? Dei-lhe todas as coordenadas mas você nada fez. E aquele jovem que só falava em fugir daqui, onde está?

— Não sei... Antes eu tinha você para me desencorajar. De certa forma, isso era cômodo. Agora que você diz "vá"... Não sei, sinto-me inseguro...

— Eu me senti inseguro por todos esses anos e agora estou condenado a acabar meus dias aqui. Não adianta criar coragem quando for tarde demais.

Todos os escravos se aglomeraram como Juscelino quis. O feitor, enfim, deu sinal de que falaria e todos fizeram silêncio. Com apenas três palavras, aquele maldito transformou meus receios em uma realidade aterrorizante.

— Salvador está morto.

Todos já esperavam por esta notícia mais cedo ou mais tarde. Mesmo assim, a comoção imperou.

— O escravo levou um tombo e bateu com a cabeça na pedra. Isso foi hoje de manhã. O padre já está a caminho para o enterro.

O feitor Juscelino não podia adivinhar que, além da morte de Salvador, aquelas palavras anunciavam sua própria morte. Seu algoz ouvia aquela ladainha mirando seus olhos como um leão que fita sua presa. A diferença é que o leão segue seu instinto, enquanto eu agia por ódio.

Três noites depois e eu corria furtivamente pelos domínios da fazenda, ao mesmo tempo que os demais escravos dormiam na senzala. Consegui o facão na véspera, pois fui encarregado de cortar o capim, e soube escondê-lo bem. Eu me deslocava sem ser visto e seria facílimo fugir de vez. Mas o feitor Juscelino merecia uma visita minha, mesmo que isso pusesse tudo a perder.

O infeliz bebia ao ar livre, perto de seu casebre. Atacar um verme embriagado era até covardia, mas eu não estava preocupado com minha honra. Aproximei-me silenciosamente por trás e ele só descobriu minha presença ali ao sentir a lâmina gelada do facão encostar em sua garganta.

— Embora saiba a resposta — disse eu, segurando-o pelas costas —, quero ouvi-la de sua boca.

O susto fez com que ele recuperasse, em parte, sua sobriedade.

— D... Do que está falando, infeliz?

— Você sabe. Antes de perguntar o óbvio, mato você sem lhe dar o direito de se explicar.

Um silêncio tenso dominou a cena por alguns segundos.

— Eu... Eu não sei o que você quer saber!

— Então, você de nada me serve — disse eu, levantando ainda mais seu queixo e aumentando a fricção da faca em seu pescoço.

— *Não faça isso!*

Ele viu que não havia escolha.

— *É... É sobre o escravo Salvador que você quer saber, não é?*

— *Agora, sim, podemos conversar. Conte-me com detalhes o que você fez com ele.*

— *Eu não tinha nada contra o coitado!... Preferia não ter de matá-lo.*

Por mais que eu já soubesse de tudo, ouvi-lo falar assim fez com que meus olhos se enchessem de lágrimas.

— *Então, por que o fez?*

— *Foi o Barão quem ordenou! O escravo não trabalhava mais e só dava despesas...*

Era o que eu precisava ouvir para matar feitor e Barão sem remorsos. Quando eu estava pronto para desferir-lhe o golpe final, eis que surge uma voz conhecida.

— *O que significa isso?* — *questionou o Barão, assustado.*

O luar não iluminava aquela noite como era de costume, nem havia sinal de qualquer outra alma próxima dali além de nós três. Eu só posso acreditar que o Barão queria facilitar as coisas para mim.

A surpresa me deixou alguns instantes sem ação. Logo derrubei o feitor no solo e, sem dar-lhe as costas, apontei a faca para o Barão, que se assustou um bocado.

— *Juscelino é um pústula, mas o verdadeiro assassino de Salvador é você.*

O Barão ficou pálido como cal e não tinha para onde

correr. Antes de abrir a boca, viu em meus olhos que não adiantaria mentir.

— Ele já estava doente, rapaz. No fundo, fiz-lhe um favor.

Seu cinismo só alimentava meu ódio. Eu estava cada vez mais perto dele e a faca já mirava seu pescoço. Ele se desesperou.

— Você não teria coragem de fazer isso!

Quase pude rir.

— Não com seu próprio pai!

Meu mundo parou de girar. Tudo à minha volta congelou-se e aquelas palavras transpassaram a minha carne como um tiro certeiro. Minhas pernas bambearam e por pouco a faca não caiu. Minha expressão facial transformou-se no ato e o Barão percebeu a reviravolta a seu favor.

— Lucas, meu filho...

Eu não acreditava no que ouvia.

— Acho que esta é a hora de saber a verdade — ele completou.

Como um furacão, as lembranças vinham-me à mente. Os anos de cativeiro e trabalhos forçados; as cinqüenta chibatadas que sangraram minhas costas. Meu pai, aquele a quem eu tanto queria conhecer, impôs-me tudo isso e assistiu de camarote.

De repente, aproveitando-se da situação, o feitor levantou-se e, num golpe, agarrou-me por trás. Despertei do transe e percebi que essa fraquejada poderia custar minha vida.

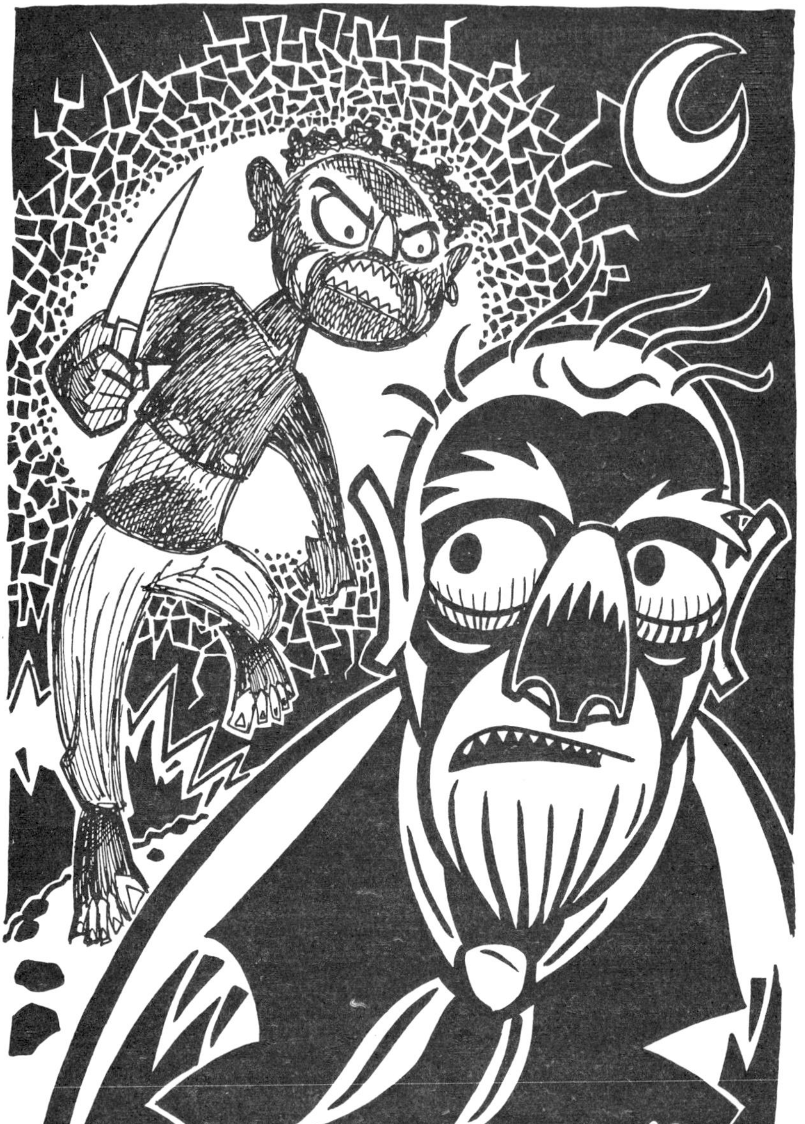

— Corra, sinhozinho! — gritou ele ao Barão.

O feitor sabia ser valente quando sua posição era superior. Mas, lutando em pé de igualdade, era um desastre. Num só golpe, girei o corpo e cravei a faca em seu abdômen. Acredite no que direi: se obviamente não foi prazeroso para ele morrer com uma facada, tampouco foi este para mim um momento agradável. Sem dúvida, foi a pior experiência da minha vida e tenho pesadelos até hoje — 180 anos depois — com o horror que foi tirar a vida de alguém de forma violenta.

Juscelino caiu ofegante, gemendo entre mim e o Barão. Com os olhos arregalados, fitou-me até seu último suspiro. O Barão estava branco como uma folha de papel e suava frio de pânico. Eu olhava assustado para o corpo de Juscelino e encarei meu pai, em seguida. Ele nada mais dizia, tampouco eu conseguia pronunciar uma palavra que fosse. Ficamos naquele silêncio por intermináveis instantes.

Dei um passo para trás, encarando-o. O Barão continuou imóvel. Dei mais um passo. Afastei-me o bastante para que ele não me tivesse mais ao alcance. Só então virei-lhe as costas. Daí, corri como nunca.

Até hoje não sei se o Barão mandou capitães-do-mato atrás de mim ou se ele deixou que eu sumisse de vez sem tentar impedir-me. O fato é que não descobri ninguém em meu encalço durante minha fuga.

No quilombo, todos que chegavam recebiam um nome africano, pelo qual seríamos chamados a partir de então. Foi no quilombo Esmeralda que me tornei Muzinga.

capítulo 6

— Falta pouco — grita Muzinga, mostrando ao tataraneto que a corda que o sustenta é firme. Caio tenta responder, mas sua boca não emite qualquer som.

Não ousa olhar para baixo. Em seus pensamentos, somente uma pergunta ecoa: "O que é que estou fazendo aqui?"

— Segura na minha mão. Vem, está quase no fim.

Estica o braço direito ao velho. Mais dois passos e... Ufa! Desafio vencido.

— Eu não disse que era seguro? Precisa confiar mais em mim e em você mesmo, rapaz! Tome um gole, isso o fará recuperar o fôlego — diz Muzinga, oferecendo-lhe seu cantil.

Após superarem a carrasqueira, Caio conclui que nunca sentiu tanto medo na vida, mas decide que tamanho pânico não pode voltar a tomar conta dele. Tudo indica que este será apenas um de diversos obstáculos tão ou mais arriscados. Dali em frente, porém, ele se sentirá confiante.

Ao se recompor, nota em Muzinga algo surpreendente.

— Não acredito. Você fez toda essa subida descalço?

— Por que o espanto? — pergunta o velho, sem entender.

— Por quê? Há calçados que se arrebentariam após uma subida como a nossa e você a fez usando apenas a sola dos pés!

— Os chinelos, guardei na mochila. Uso-os nas caminhadas. Para escalar pedras, porém, eles atrapalham. Daí, prossigo descalço. Depois de vinte décadas, as solas dos meus pés quase viraram pedra. Posso pisar num prego e só percebê-lo no dia seguinte. Além disso, os escravos não usavam sapatos e só calcei um quando já era homem feito. Acostumei desde cedo a andar com os pés desprotegidos.

Caio se convence de que é besteira impressionar-se a essa altura com o que vem de Muzinga.

Mais alguns passos e chegam ao fim da primeira etapa.

— Vê a entrada desta caverna? — pergunta o velho mulato.

— Sim, vejo.

— Ela é o nosso portal. Dê uma última olhada para o sol, pois pode ficar sem vê-lo por vários dias.

Eles se curvam e entram na caverna por uma pequena fenda na rocha. Muzinga avança na frente, seguido por seu tataraneto. Andam poucos metros e sentam-se. Parte dos equipamentos ainda guardados irá, enfim, desempenhar sua função.

Cada um veste o seu macacão de náilon. Uma proteção resistente e leve ao mesmo tempo — do contrário, prejudicaria seus movimentos. Caio calça um par de botas com solas aderentes, enquanto Muzinga mantém a promessa de seguir descalço.

O capacete é um item fundamental. Ele protege a cabeça contra acidentes, mas não é só na segurança que está sua utilidade. Dentro das cavernas, a escuridão é total. Seria difícil explorá-las com uma das mãos segurando a lanterna. Sendo assim, a luz vem do capacete, através de uma lâmpada acoplada.

Muzinga tem em mãos cordas de náilon, de batedores, furadeira, martelo e *spits*, necessários para a fixação. Coragem ele leva sempre consigo, não precisou guardar na mochila.

A beleza daquele paraíso submerso, algo completamente novo para Caio, fez com que ele superasse suas fobias e vertigens iniciais. Vê-se tão diminuto diante das formas e sombras das profundezas em que penetram que qualquer medo perde o sentido. O fascínio toma conta dele, assim como o vírus da aventura.

Muzinga, por sua vez, suspeita que outro vírus o acompanha. Foram três espirros seguidos.

— Saúde. Acha que é algum tipo de alergia? — pergunta o rapaz.

Ambos conversam de quatro. Engatinham sob uma passagem estreita, cuja altura inferior a um metro não permite que prossigam em pé.

— Não sou alérgico — diz Muzinga. — Espirro desde ontem; temo ter pego uma gripe. De fato, acordei hoje com o corpo mole.

— Nota-se — ironiza Caio, sem acreditar no que ouve. — Afinal, o que foi subir uma montanha?

— Por via das dúvidas, evitemos beijos e abraços.

— Por que raios eu beijaria você?

— É, é uma boa pergunta — responde o velho, após um novo espirro.

Alguns minutos de gatinhas e chegam a uma longa galeria, com três metros de largura e oito de altura. Caio admira, como marinheiro de primeira viagem, as formas da gruta, ditadas pelas estalagmites e estalactites. Estas últimos, verdadeiras estacas naturais penduradas em seu teto, são formadas pela ação da água, ao longo do tempo sobre o calcário — matéria que compõe a maior parte das cavernas brasileiras. Mesmo para Muzinga, já experiente nesse tipo de exploração, é impossível não se deslumbrar. As cores das rochas, aliadas às sombras irregulares projetadas pela luz das lanternas, completam o espetáculo.

Neste trecho, andam livremente, com as mãos desocupadas. É hora do fotógrafo agir. Essa foto é dedicada a Juliana.

O flash dispara. Subitamente, dezenas de morcegos — que não foram notados por Caio nem por Muzinga

— fogem assustados, voando em sua direção. Os dois correm, pávidos.

— Minha nossa! — grita o fotógrafo trapalhão.

— Morcegos! — exclama Muzinga. — Um bando... Um enxame... Um... Droga, qual é o coletivo de morcegos?

— E eu lá quero saber disso?

Eles se refugiam encolhidos no canto. Só respiram aliviados quando o último daqueles bichos se afasta.

— Os morcegos são inofensivos, mas podemos encontrar mais companhia pela frente — diz o velho. — Tome cuidado com cobras e aranhas e, se algo lhe parecer uma colméia de abelhas, pelo amor de Santa Gioconda, não invente de tirar uma foto!

Prosseguem a marcha. Mais à frente, em seu caminho, encontram um belíssimo rio de águas translúcidas. Eles precisam cruzá-lo. O que não é difícil, pois as águas não atingem suas cinturas.

Por alguns instantes, Caio chega a duvidar de que realmente esteja ali. Não será um sonho, daqueles mais nítidos? Difícil aceitar que aquele garoto entediado, de uma semana atrás, viva agora tão fantástica aventura. Mais uns passos e lá está ele, escalando um íngreme paredão rochoso.

Muzinga segue na frente. Fixa a corda de náilon e Caio sobe, segurando-a. Como é que, de repente, toda aquela adrenalina parece algo tão íntimo, logo para alguém que raramente sai da rotina da cidade grande, com seus confortos e praticidades? Não há luxos nas pro-

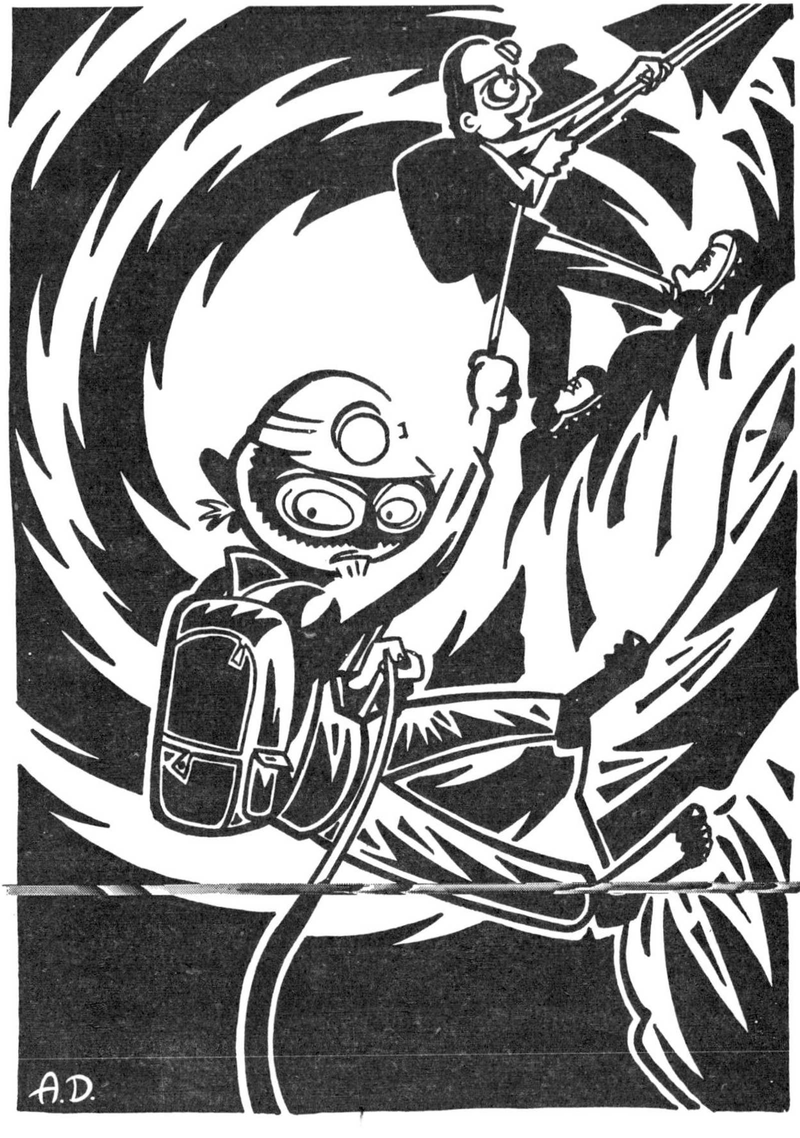
A.D.

fundezas. A empreitada é duríssima e o calor, quase insuportável. Mas ele não se queixa. Parece gostar de sentir seus músculos tensos. Sente que libera uma energia estagnada dentro de si por todos os seus 13 anos de vida. De repente, o mundo não parece ser tão ingrato. Quem sabe a vida não faz mesmo algum sentido?

O paredão não foi ainda superado. Muzinga e Caio sobem por sua superfície escorregadia e estão a mais de 20 metros do chão.

— Dá gosto de ver, fedelho! Parece que o espírito do desbravador despertou dentro de você.

— Acho que para sempre — responde o garoto.

Na euforia, Caio sente-se confiante demais. O erro é grave. No passo seguinte, pisa em falso e escorrega, soltando-se por completo da rocha.

— Ei!!!

Ele despenca em queda livre. Entretanto, em frações de segundos, algo o detém abruptamente. A queda não passa de dois metros e ele pára no ar. Seu corpo todo estala. A corda de náilon une sua cintura aos *spits* fixados na rocha. Caio fica pendurado com pés e mãos soltos e balança a uma altura potencialmente fatal.

Tal foi o susto que por pouco não perde a consciência. De qualquer forma, precisa de alguns segundos para se recuperar.

— Pegue a corda! Segure-a com força! E pare de se balançar!

— Falar é fácil!... — grita o jovem, buscando retomar o equilíbrio.

Muzinga, que já superou o paredão rochoso, agarra a corda com firmeza. Teme que ela se solte ao sustentar o peso de Caio. Este consegue retomar a posição vertical de subida, sem contudo alcançar a rocha.

Sem opção, Muzinga projeta todas as suas forças nas mãos e nos braços. Com uma energia que ele mesmo desconhece, iça o tataraneto para cima, lenta mas continuamente.

Ele não sabe até quando agüentará. Seus dedos fraquejam. Ele espirra e a corda treme. Caio sente a sacudida. O velho não admite falhar. Está determinado a trazer Caio, mesmo que ele pese uma tonelada — e é exatamente essa impressão que Muzinga tem, a de que o peso do rapaz se multiplica e já se aproxima ao de um elefante.

Por mais que haja terror na face do jovem, Muzinga sente um alívio quase divino ao avistar novamente seus olhos. Mais uma puxada e Caio se apóia com as mãos na superfície onde Muzinga pisa. Sem largar a corda com a mão direita, Muzinga estende-lhe a esquerda, mesmo que esta não tenha mais forças. Caio não a segura; acha mais fácil firmar-se no chão. Ergue-se como pode e consegue amparar um dos pés. Muzinga agarra seu macacão para dar-lhe equilíbrio. Caio está salvo.

Ambos largam-se no chão, sem energias. O susto foi grande.

— Esse foi o seu batismo — diz o velho, entortando a boca para o lado, a sorrir e ofegar ao mesmo tempo.

*

Nove horas da noite. Suas pernas estão em brasa. Para o primeiro dia, avançaram bastante, mas é hora de descansar. Buscam uma área plana para passarem a noite. Antes, conferem se há aranhas, cobras ou morcegos por ali, mas não encontram nada. As próprias mochilas serão seus travesseiros.

Se Muzinga não trouxesse o relógio, não teriam uma noção precisa se já é ou não é noite. Claro, lá no subsolo não há sol, entardecer, lua, essas coisas. Pode parecer que, nessas condições, não faz muita diferença saber ou não as horas. Contudo, o velho aventureiro prefere manter-se em sintonia com os ponteiros. Eles não podem ver o céu, não têm contato com outras pessoas, quase não há luz onde estão. O relógio, ao menos, deixa-os de alguma forma conectados com o mundo exterior.

— Não está com sono ainda? — pergunta Muzinga, ao ver que Caio mantém sua lanterna acesa, enquanto vasculha a mochila.

— Estou com o corpo tão cansado que preciso relaxar para só depois dormir.

— Bem, eu fico por aqui. Boa noite.

— Boa noite.

Muzinga sintoniza o alarme do relógio para tocar às seis da manhã. Eles não têm tempo a perder, a vida de Lázaro pode estar em risco. Fecha os olhos e sonha com um céu ensolarado, com nuvens em forma de belas mulheres.

Mesmo esgotado, acorda subitamente vinte minutos depois. Sons estranhos surgem do nada; sons agudos, graves, em ritmos enlouquecedores. Ainda confuso, levanta-se e, instintivamente, pega a lanterna.

Acende a luz e aponta-a para a frente. Não vê ninguém. Os sons estão próximos. Eles vêm por trás. Vira-se subitamente e mira a lanterna para algo que se move. Caio?

— O que foi, véio? Viu fantasma?

Muzinga demora a assimilar o que se passa. Mas, enfim, entende tudo e irrita-se um bocado.

— Que palhaçada é essa, infeliz? Você trouxe um videogame?

— O que tem de mais?

— Me dá essa porcaria! — fala Muzinga num tom ríspido, tomando o jogo das mãos de Caio.

— Posso saber o que há?

— Nem falarei do susto que levei com esse troço! Mas impressiona-me que, diante desta aventura fascinante, você perca tempo com essa maquininha de fazer idiotas!

Caio não gosta do que ouve, nem do tom das palavras.

— Não seja dramático! Apenas me distraio um pouco antes de dormir.

— Pois trate de deitar a cabeça e fechar os olhos. Precisaremos amanhã de todas as nossas energias. Esse troço fica comigo — resmunga Muzinga.

Não adianta discutir. A única coisa que Caio tem a fazer é se conformar e esperar o sono de olhos fechados.

Apesar da confusão, logo adormece. Custou um pouco, pois ficou a relembrar o momento em que sua vida esteve por um fio — ou por uma corda, como diria um piadista infame. Como Muzinga conseguiu salvá-lo? Se fosse um homem de 30 ou 40 anos, talvez nem fosse tão fantástico assim, mas alguém daquela idade?... Isso não é natural; Muzinga deve ter um segredo que explique sua longevidade. Caio decide elucidar esse mistério.

Agora, porém, dorme profundamente. Em seu sono pesado, não sente o passar das horas. Sonhos, nós sempre temos vários por noite, mas ele não se lembrará de nada, de tão intenso é seu descanso. Se não fosse o barulho, atravessaria horas em repouso profundo.

Caio acorda. O barulho parece-lhe familiar. Ele não sabe, mas são três da manhã. Fica confuso: que lugar é este? Logo se recorda de tudo. Mais um pouco e reconhece tal som. Estaria de todo escuro se não fossem as pequenas luzes a piscar.

Muzinga, cheio de olheiras, não repara no despertar do rapaz. Está empenhado em passar para a próxima fase e bater o seu recorde. Só se dá conta quando Caio lança-lhe na cara a luz da lanterna.

— Bonito, hein? — exclama o jovem, indignado. — E todo aquele discurso antivideogame que eu fui obrigado a ouvir da sua boca?

— Espera... Não me atrapalha... Eu...

Dessa vez é Caio quem toma o jogo de forma rude.

— Se eu não posso jogar, você muito menos. E aquela história de dormir cedo para refazer as energias? Tudo balela?

— Eu não conseguia dormir... Nunca tinha jogado esse treco antes... Nossa, é quase dia! — surpreende-se Muzinga, ao olhar o relógio. — Mas... Droga, bem quando eu passaria para a décima fase!

Ele se sente desmascarado.

— Essa bosta vicia! Que idéia infeliz a sua, trazer isso para cá!...

Dá dois espirros. Deita-se e vira para o lado.

No dia seguinte, a marcha prossegue. O sono e a gripe não tiram todo o vigor de Muzinga. É um dia sem emoções fortes, ao contrário da véspera. Em nenhum momento, sentem-se entre a vida e a morte, mas nem por isso o percurso é tranqüilo. Os obstáculos são muitos, como previam.

Caio surpreende cada vez mais. Nem parece o mesmo rapaz amedrontado que subiu a Pedra da Gávea um dia antes. Na escuridão das cavernas, ele revela-se. É hábil e seguro como se tivesse crescido naquele ambiente. Ele exala valentia e Muzinga acha essa mudança espantosa demais.

Após o almoço (se é que aquele lanche reforçado pode ser chamado de almoço), os dois, sem escolha, atravessam um poço lamacento. Como é a regra até então, Muzinga vai na frente, seguido por Caio. Com alguma dificuldade, superam mais este obstáculo. Muzinga se assusta com uma aranha — viu uma enorme na parede, à altura de seu rosto — mas nada acontece.

Por volta das quatro da tarde, Caio repara em algo jogado num canto, algo que reflete a luz da lanterna.

— Uma lata de refrigerante! Lázaro passou mesmo por aqui.

Muzinga desconfia.

— Como podemos saber se foi mesmo ele? Mesmo improvável, pode ser que outra pessoa tenha estado nestes cantos, anos atrás.

— Não acredito — afirma Caio. — Se não foi alguém do grupo de Lázaro, este alguém, coincidentemente, matou sua sede há pouco tempo.

— Como tem certeza? — pergunta Muzinga, intrigado.

— Porque nesta lata há o anúncio da promoção que sorteará cinco passagens para a Europa, e essa promoção só foi lançada há três meses.

— Então, estamos no caminho certo!

Na última hora de caminhada deste dia, é Caio quem anda na frente. Muzinga está exausto e já perdeu o cuidado excessivo com o rapaz. Como aconteceu antes, constata que subestimou seu discípulo. Antes, sentia-se como uma babá. Agora, está perto de tê-lo como um parceiro de aventuras.

Às nove horas, decidem dormir. Os desentendimentos foram poucos e o clima entre a dupla é perfeito. Teria sido este o saldo do dia se Caio não tocasse num assunto tão espinhoso.

— Afinal, qual é o segredo da sua longevidade?

Mal terminou a pergunta e já estava arrependido de tê-la feito. A cara que Muzinga fez não o agradou nadinha.

— O que você perguntou, fedelho?

Quer mudar de assunto, mas já é tarde. Sendo assim, prossegue.

— Não posso acreditar que tenha chegado aos 199 anos só por comer arroz, feijão e espinafre. Você mesmo disse que dedicou sua vida a viajar pelo mundo em busca de respostas. O que eu queria saber é se...

— Se descobri a fonte da juventude? Ou se fiz um pacto com o diabo? — resmunga Muzinga, em tom de sarcasmo.

— Você é quem diz isso.

— Não, eu não. Quem diz isso são as pessoas desocupadas, que bisbilhotam minha vida em vez de cuidar das suas. Já inventaram tudo sobre mim: que sou o resultado de uma experiência de extraterrestres, que sou a reencarnação de um faraó, que inventei minha idade para enriquecer dando palestras... As lendas são muitas.

— E alguma é verdadeira? — provoca o garoto.

— Caio...

Muzinga se aproxima.

— Jamais volte a me fazer esta pergunta. Eu simplesmente não posso respondê-la.

— Não pode? Não pode, como? Não quer ou não sabe?

— Eu não posso, caramba! — grita Muzinga, assustando o tataraneto.

— Está bem, desculpe.

— Não é uma escolha minha. Você entenderia se eu pudesse explicar-lhe o porquê de tanto mistério. Mas nem isso eu posso. Muitos tentaram fazer-me falar à força, com chantagens, ameaças, violência. Escapei de todos, confesso que nem sei como. Meu segredo será guardado mesmo que à custa de minha vida.

Muzinga procura se acalmar.

— Perdi muitos entes queridos ao longo de tantos anos — continua ele. — Vi meus filhos amados morrerem de velhice, sem que eu pudesse fazer algo. É como uma maldição. Sou obrigado a assistir, impotente, às pessoas que amo envelhecerem. Quando este momento chega, todas elas, sem exceção, vêm a mim com a mesma pergunta que você me fez, cheias de esperanças. Esperanças que viram ódio e rancor quando eu digo que nada posso fazer.

A intuição de Caio dá um novo rumo à conversa:

— Foi o que aconteceu com meu pai?

Muzinga já aguardava por esta pergunta.

— Sim, com uma diferença. Neste caso, a mágoa não foi quando ele envelheceu; o coitado nem teve chance disso.

A essa altura, Caio assimilara a morte dos pais, dentro do possível.

— Mas seu pai — continua o velho — imprensou-me contra a parede ao ver o sogro, seu avô materno, definhar na cama de um hospital. Ele amava o sogro e sonhava vê-lo saudável também aos 199 anos de vida.

Porém, não aceitou quando eu disse não poder ajudá-lo. A partir de então, nunca mais nos falamos.

O garoto entende o pai — e tenta entender Muzinga. Deve haver mesmo um motivo para que ele guarde seu segredo com tanta convicção.

— Tudo bem. Eu acredito em você.

— Isso porque tem apenas 13 anos de idade. Quando estiver nos 80, se eu ainda for vivo, você também se afastará de mim, ressentido.

— Não, não me afastarei. Fique tranqüilo.

— Eu estou tranqüilo. Afinal, para isso acontecer, falta muito tempo. Mas que você me aporrinhará daqui a umas sete décadas, disso eu tenho certeza.

Caio sabe a hora certa de encerrar uma conversa. Dão-se boa-noite e dormem, para refazerem suas forças e enfrentarem, no dia seguinte, o terceiro dia da expedição.

capítulo 7

De manhã, após um rápido lanche, eles prosseguem por galerias e salões subterrâneos. Três horas se passam e é Caio quem percebe algo no ar.

— Apague a sua lanterna — diz ao tataravô.

— Por quê? — pergunta Muzinga, surpreso com tal ordem.

— Quero tirar a limpo uma suspeita — ele responde, ao desligar a sua.

Mesmo sem entender, Muzinga obedece.

Ambos ficam parados e em silêncio. Isso dura alguns instantes.

— Posso ver o seu vulto sem iluminação artificial — observa Caio. — Você consegue fazer o mesmo?

Muzinga dá alguns segundos para que sua vista se adapte.

— Tem razão, eu consigo enxergá-lo movendo os braços, mesmo com dificuldade.

— O que vem a ser isso?

— Não sei... Talvez nossos olhos estejam acostumados com o escuro.

— Será? Não acredito — diz o garoto. — A impressão que tenho é que há alguma fonte de iluminação interna, mesmo que branda.

— Isso não faz sentido.

A marcha continua. Ambos estão intrigados. Cinco minutos depois, é Muzinga quem propõe que desliguem as lanternas novamente.

— Você tinha razão — ele diz. — Está ainda mais claro.

— Parece que a luz vem lá da frente.

Mais alguns minutos e podem andar sem o uso de lâmpadas. Eles avistam, então, o que parece ser a saída da caverna onde vivem há três dias. É uma fenda pequena, que os obriga a seguir agachados.

Os corações do jovem e do velho disparam com igual intensidade. Ao longo dos passos, a ansiedade é infinita. A verdade é que, até então, eles não têm qualquer certeza quanto ao caminho que fizeram. Podem estar a poucos metros de uma descoberta fabulosa — mas podem também sair em outro ponto do Rio de Janeiro, o que jogaria todos os seus esforços na lama.

Chegam, enfim, à pequena saída. Muzinga dá ao tataratraneto o privilégio de desvendar primeiro este segredo. Caio agacha-se e prossegue. Suas mãos tremem, mas o rapaz não sente medo. É a avidez por desvendar o mistério que o deixa em tal estado.

Ele sai e Muzinga não tarda a agachar-se também. O garoto nada diz. Mais um pouco e é Muzinga quem vê, com seus próprios olhos, a solução do enigma.

A saída dá no alto de uma grande colina. Ambos estão boquiabertos. Diante deles, uma paisagem desbundante revela um novo planeta; um mundo imenso e maravilhoso inserido em uma cavidade de tal gigantismo que seus olhos não podem alcançar os limites. Lá embaixo, árvores a perder de vista e um caminho natural coberto de flores. À esquerda, o jorro de uma cachoeira de águas translúcidas, que caem num rio de azul intenso como jamais viram antes. Ouvem o canto — desconhecido, por sinal — de aves nativas, a voar em bando. Elas cruzam o vazio superior que, na falta de outro nome, pode ser chamado de céu. Uma natureza totalmente desconhecida se apresenta a eles, através de cores, cheiros e sons. Salvador, o padrinho, tinha razão!

A voz de Muzinga custa a sair:

— Lázaro adoraria ver minha cara. Se isso não é um mundo subterrâneo, não sei de que outra forma poderia chamar esta paisagem deslumbrante que está diante de nós — diz o velho aventureiro, sentindo-se desde já como um Pedro Álvares Cabral moderno.

Ao descer a colina, os dois ainda lutam para acreditar no que vêem. Entre as árvores, observam de perto, com olhos e mãos, aquele ambiente novo. A primeira particularidade notada é que as folhas das árvores não são verdes. Elas têm um tom esbranquiçado. Bonito, mas diferente demais para que eles se acostumem num primeiro momento.

— A falta de contato com o sol traz várias diferenças entre este e o nosso mundo. Esta é a primeira de muitas que descobriremos — diz Muzinga.

Se a luz do sol não chega até lá, como explicar aquela luminosidade? Nada que sugira um dia de verão a céu aberto, mas há uma certa claridade correspondente à luz do entardecer, quando já é mais noite que dia. Muzinga e Caio não usam mais o capacete luminoso, mas a lanterna continua à mão.

A cavidade que abriga este universo desconhecido é algo gigantesco. Ao olhar para cima, mal vêem o teto. Uma camada de gases, comparáveis às nuvens, turva a visão do alto.

Caio colhe uma fruta. Nunca viu nada parecido. Muzinga também a estranha. Assemelha-se a uma laranja. Ele hesita mas decide prová-la.

— Cruzes! É horrível. Amarga demais...

O jovem aventureiro fotografa cada aspecto da paisagem diante de seus olhos. Pressiona o botão da máquina como um alucinado a registrar cada pedacinho daquela terra. Após alguns minutos, Muzinga pede para que Caio interrompa a sessão de fotos.

— O flash da câmera impedirá que um pássaro ou bicho se aproxime de nós e eu quero conhecer a fauna daqui.

— Tem razão. Não vale a pena também lotar a memória da máquina de uma só vez — diz Caio. — Afinal, novas surpresas nos aguardam.

A dupla segue percorrendo o vale. Depois de todos os obstáculos superados, é um deleite caminhar livremente. Lá é abafado, mas com uma temperatura mais amena do que a suportada até então. O fato de não precisarem mais dos macacões e capacetes aumenta o frescor.
Após a euforia inicial, Muzinga volta a pensar no que os levou até ali.

— Tudo isso é lindo e fascinante, mas lembre-se que não estamos aqui a passeio. Lázaro está desaparecido e encontrá-lo, pelo visto, será quase impossível.

— Ele veio atrás da cidade de Ibez, não? — pergunta Caio.

— Sim, mas não creio que encontremos Ibez aqui embaixo. Se bem que, a essa altura, talvez eu acredite em qualquer coisa.

— Pois a única chance de descobrirmos os passos de Lázaro é procurarmos também esta cidade.

— Mas por onde começar essa busca? Não temos qualquer pista.

— Se encontrarmos alguém, podemos fazer perguntas — diz o garoto.

— "Alguém"? Acredita em humanos vivendo aqui? Agora você está delirando.

Após algumas horas de caminhada, Muzinga corre o risco de ter de, mais uma vez, morder a língua.

Caio — cuja visão é mais apurada que a de Muzinga — olha atentamente para a encosta de um morro arborizado.

— Dê-me o binóculo — diz ao tataravô.

Muzinga obedece. Cerra os olhos para descobrir do que se trata, sem sucesso.

Caio observa surpreso, mas não comenta nada. Prefere que Muzinga veja e lhe dá o binóculo de volta. O velho mulato de 199 anos quase cai para trás.

— É uma casa de madeira! — exclama.

— Uma casa modesta, isolada na montanha — complementa Caio.

— Se é uma casa modesta ou uma mansão de luxo, isso pouco importa. O fato é que este lugar é habitado.

Muzinga ajeita o chapéu. Um cacoete que se repete quando fica nervoso.

— Isso significa que a nossa aventura envolve novos perigos além dos que já imaginávamos — conclui, preocupado.

Ao longo do dia, porém, eles não encontram mais indícios de vida humana. Muzinga cogita que aquela casa pertença a um desbravador que, como Lázaro e eles mesmos, teria penetrado naquele mundo sem conseguir regressar. Por um instante, pensa ser o próprio amigo o construtor daquele casebre.

Muzinga está confuso. Se, por um lado, vê a aproximação com um suposto povo das profundezas como uma ameaça, por outro especula quem seria aquele habitante solitário. Pensando de forma otimista, seu morador pode ajudá-los a encontrar Lázaro.

— Vamos voltar àquela casa.

— Tem certeza? — Caio pergunta.

— Se procuramos meu amigo, temos que ir atrás das pistas.

Desde a casa de madeira, a caminhada prosseguiu por uma hora e meia. Com a resolução de Muzinga, eles percorrem novamente todo o trajeto no sentido contrário.

— São quase onze horas da noite. Se há alguém ali, talvez esteja dormindo — comenta Caio, ao rever de longe a modesta moradia.

— Esse conceito de dormir de noite e acordar de dia não deve existir por aqui — contesta Muzinga. — Como não há a luz do sol, e portanto não há dia nem noite, acredito que um morador do subterrâneo possa, por exemplo, passar 30 horas acordado e dormir por outras 20.

Aproximam-se, receosos. Muzinga nota que a casa é coberta por folhas grandes, como as folhas da palmeira. Lembra as do quilombo onde viveu quando jovem.

Muzinga e Caio escondem-se atrás de uma árvore, a poucos metros dali.

— Chegue perto da porta e espie, discretamente, se há alguém dentro — instrui Muzinga.

— E por que não vai você, ô esperto?

— Porque você é menor e chamará menos atenção, moleque malcriado! Eu fico aqui, escondido, para agir caso algo saia errado.

Caio aproxima-se da entrada do casebre, silenciosamente. Seus passos são leves e tensos e sua respiração — apesar de acelerada — não faz um ruído sequer. Muzinga acompanha de longe, ansioso. O garoto contorna a casa e praticamente não respira mais.

Subitamente, seu coração quase sai pela boca quando pisa por distração em uma coisa macia, que grita e solta penas no ar.

— Cóóóó-cócócócócócó!!...

Muzinga dá um tapa na própria testa, sem acreditar no que vê. O frango pula para todos os lados, emitindo um alarme involuntário. Caio fica atordoado e não sabe o que fazer. Muzinga o chama com as mãos. O garoto corre em sua direção, mas é forçado a parar por uma voz desconhecida.

— Nem mais um passo ou eu atiro!

Caio obedece e vira-se. Vê um homem com roupas simples, cuja cor da pele chama-lhe a atenção. Muzinga está igualmente surpreso.

— Você também, vovô — grita o misterioso sujeito. — Venha com as mãos para cima.

— Calma, amigo. Somos de paz — diz Muzinga, aproximando-se lentamente.

— Virem-se de costas e mantenham os braços erguidos. Quem são vocês?

Caio não fala nada. Deixa essa responsabilidade para o velho.

— Somos apenas viajantes — ele diz.

O homem não parece acreditar. Há desconfiança em

seus olhos e ele mantém a pontaria. Muzinga nota que a arma que ele segura é um bacamarte, semelhante aos de duzentos, trezentos anos atrás. Mas o que mais lhe chama a atenção é o tom de sua pele. O indivíduo — que aparenta uns 40 anos — tem traços faciais de negro, como os seus. Mas sua cor é algo próximo de um sutil prateado, claro, porém opaco. Um tom que, apesar de muito bonito, causava estranheza, pois tanto Muzinga como Caio jamais viram alguém assim.

— Sigam em frente.

— Fique tranqüilo, amigo, nós não causaremos problemas — diz Muzinga, com voz mansa. — Não representamos uma ameaça.

O sujeito não quer conversa. Eles sobem o morro por mais alguns metros até o topo. Muzinga deduz que talvez este homem seja de origem negra, mas teria este tom de pele por nunca ter tido contato com o sol. Nascera ali, provavelmente. Isso excluiria a hipótese de ele ser um aventureiro de passagem por aqueles cantos, como os dois.

Somente no topo do morro, quando podem visualizar o lado oposto, Caio e Muzinga descobrem para onde são levados: uma cidade cercada por muros, com casas de sapê, plantações comunitárias e uma praça central, a partir da qual as ruas se irradiam.

— Você dirá que estou louco — adverte Muzinga, pasmo com o que vê —, mas isso na nossa frente é um quilombo. Um verdadeiro quilombo, em pleno século XXI!

capítulo 8

Ao percorrer suas ruas, Muzinga surpreende-se com as semelhanças entre esta cidade e o quilombo onde viveu quando jovem. Quer conhecer cada canto, mas isso está fora de cogitação. Caio e ele são cercados por meia dúzia de homens armados que, sem qualquer satisfação, levam-nos a um ponto específico.

Os moradores locais espiam, abismados, os dois estranhos. Da mesma forma, Muzinga e Caio os observam e não estão menos surpresos. Dos homens que os cercam, três têm a mesma cor de pele de seu captor, assim como os mesmos traços faciais, enquanto outro tem a pele absurdamente clara — branca como uma folha de papel. Por fim, o sexto homem tem traços de índio, também de uma palidez ímpar.

Caio, assim como Muzinga, não sucumbe ao desespero. A curiosidade é tanta que, por alguns instantes, esquece que não está ali como turista.

Ao fim da marcha, são conduzidos a uma casa maior que as demais, na praça central. Eles não entram; em vez disso, um homem de cerca de 40 anos com ar de liderança sem, contudo, parecer arrogante, se aproxima deles.

— Encontramos estes homens rondando o quilombo, rei Baquaqua — diz o homem mais claro, respondendo, involuntariamente, a dúvida de Muzinga.

— Devem ser capitães-do-mato — cogita outro homem do grupo.

Capitães-do-mato! Eles os estão confundindo com os encarregados de recapturar escravos fugitivos para devolvê-los a seus donos, em troca de recompensas! Muzinga sente-se em uma máquina do tempo.

Baquaqua, o rei do quilombo, se aproxima dos dois prisioneiros com olhar interrogativo.

— Quem são vocês, de fato? — questiona.

— Somos dois viajantes, nada mais que isso. Dois andarilhos que vieram do Brasil, diretamente do mundo externo, para conhecer a sua belíssima terra — responde Muzinga, abrindo o jogo.

O espanto é geral e o rei perde, de uma vez só, todo o domínio da situação. O povo arregala os olhos, sem acreditar no que ouve. Naquele lugar, falar que vem do Brasil é como falar que vem de Marte — ao menos, é o que Caio intui.

— Perguntarei novamente e quero saber a verdade — diz Baquaqua, ao se refazer da surpresa. — Quem são vocês?

— Sei que pode soar estranho, mas o que eu disse é a mais pura verdade.

— Se são mesmo da superfície — continua o rei —, devem ser enviados de Portugal. Vieram nos espionar, para que o exército real venha destruir nossa comunidade.

O povo grita em apoio ao rei. A situação está cada vez mais feia para os dois.

— Desculpe, mas isso não faz sentido — tenta Muzinga, novamente. — O Brasil não é mais colônia de Portugal, desde 1822. A escravidão acabou em 1888, há mais de um século. Sem falar que, um ano depois, foi proclamada a República!

Ficam todos em silêncio, perplexos.

— Eu compreendo o temor de vocês. Também fui escravo, como podem ver pelo meu tom de pele. Vivi alguns anos em um quilombo como esse e...

— Ele mente! — grita um quilombola, interrompendo as explicações de Muzinga. — Se a escravidão acabou há mais de um século, como pode ele ter sido escravo?

Todos gritam em coro, acusando-os de mentirosos. O rei do quilombo quase acreditava em seu relato e agora irrita-se por fazer papel de bobo. Muzinga tenta remediar a situação, com poucas esperanças de que continuem a crer no que diz.

— Calma, há uma explicação! Eu... Na verdade, eu tenho... 199 anos de vida...

A situação piora. Agora, todos se convencem de que aquele homem zomba deles. Nada mais que Muzinga falar será levado em conta. Alguns querem linchá-los. Caio busca um jeito de reverter o estrago, mas nada lhe ocorre. O momento é bastante tenso.

— Revistem os dois — ordena o rei.

Ambas as mochilas são viradas pelo avesso. Os quilombolas estranham e muito os itens que encontram. Afinal, o que estas pessoas, que vivem como há 200 ou 300 anos, pensam ter em mãos ao segurar um pacote de pilhas? Ao se deparar com um tubo de pasta de dentes? O que dizer, então, do polêmico videogame trazido por Caio? Nada disso se parece com armas, mas para que servirão esses objetos estranhos?

O sujeito com traços de índio revista Muzinga. Nada encontra. Confere os bolsos de Caio e encontra um papel. Mais exatamente, uma nota de 1 real, dessas que ficam perdidas no fundo do bolso. Nesse momento crítico, esse real acaba por valer mais que mil toneladas de ouro.

— Vejam! — grita o homem, surpreso com o que lê. — Eles falam a verdade!

Muzinga e Caio entreolham-se, confusos.

Tataravô e tataraneto nem poderiam imaginar que, mais tarde, seriam convidados de honra daquela grande festança do povo quilombola, com direito a rodas de jongo e gingas de capoeira, ao som de cantorias acompanhadas pelo toque de atabaques, em ritmos africanos. Uma comemoração de beleza ímpar, que tanto o garoto quanto o velho trarão para sempre entre suas melhores lembranças.

A.D.

Muzinga ri, discretamente, de modo que somente Caio o ouça.

— Eu devo estar louco. Uma festa para comemorar o fim da escravidão. Em pleno século XXI!

Caio também ri deste momento surpreendente. Nem em seus sonhos poderia imaginar algo tão inusitado. A única conclusão que tira um pouco a graça daquele momento é a de que Lázaro não esteve por ali.

O rei quilombola agora é outro: quer ouvir cada palavra que Muzinga e Caio têm a dizer. Depois de conferir a nota de 1 real, onde lê-se "República Federativa do Brasil", ele não tem mais dúvidas de que o Brasil, aquela terra distante de onde vieram seus antepassados, é de fato uma república. Sendo assim, tudo o mais que Muzinga falou deve ser mesmo verdade.

— Vocês acham que meu povo poderia voltar à superfície, agora que não há mais escravidão? — pergunta Baquaqua.

— Não, nem pense nisso — adverte o velho. — Mesmo sem escravidão, o Brasil de hoje não é um mar de rosas. Há muita miséria e pessoas ainda morrem de fome. As terras são disputadas a tiros e vocês jamais conseguiriam uma para viver. Além de que a pele de vocês, quase sem pigmentação, não resistiria ao sol. O seu povo não sobreviveria na superfície.

— Então... O Sol existe mesmo?

Caio, que observava a festa, vira-se subitamente para o rei, espantado com a pergunta que acaba de ouvir.

Muzinga não fica menos surpreso, mas trata logo de responder.

— Sendo assim — conclui o rei, ao ouvir as explicações —, não temos nada o que fazer lá em cima. Mas contem-me mais sobre a tecnologia de vocês.

— Claro! — diz Muzinga. — Como eu disse, nós podemos voar de um canto a outro do mundo por meio de veículos com asas, como as dos pássaros. No chão, deslocamo-nos através de carros que andam sozinhos, sem tração animal.

Baquaqua fica enfeitiçado ao imaginar um mundo tão diferente.

— Por meio do telefone, duas pessoas podem conversar de diferentes pontos do planeta. Ah, e temos também a internet, que liga todos nós de forma...

— Assim você o deixará confuso — adverte Caio, interrompendo-o. — Querer que alguém que nunca viu uma máquina de escrever entenda o que é um computador já é demais!...

Muzinga dá razão ao fedelho.

— Agora, conte-me um pouco sobre o seu mundo — diz Muzinga, mudando de assunto providencialmente. — Com o pouco que vimos, já estamos fascinados.

— Nossos antepassados vieram para o mundo subterrâneo quando o quilombo onde viviam foi destruído por soldados da Coroa, em 1798. Como sabe, um quilombo era formado, em sua maioria, por negros fugitivos, mas a maior parte deles abrigava também índios e até mesmo brancos, que fugiam da sociedade por algum motivo. Foi esse o povo que veio para cá.

Muzinga e Caio escutam, maravilhados.

— Somos uma sociedade justa e feliz. Aqui não há luxo, mas ninguém passa fome ou vive na miséria. A taxa de crimes é muito pequena e as guerras em toda a nossa história também foram poucas. Atualmente, o mundo subterrâneo vive quase todo em paz.

— Então, vocês não são o único povo daqui? — pergunta Caio, que até então evitara, por prudência, dirigir-se ao rei.

— De modo algum. Existem cá tantos ou mais povos quanto os da superfície. Mas nós, quilombolas, temos contato com poucos deles. Somos auto-suficientes e não faz parte de nossa cultura o comércio e o intercâmbio com outras civilizações.

— Desvende-me um mistério — suplica Muzinga. — De onde vem a iluminação desse mundo?

— As fendas mais profundas estão conectadas com a esfera de fogo que há bem no centro do planeta. É por elas que a luz chega até nós.

Antes de Muzinga fazer uma nova pergunta, Baquaqua adverte:

— Talvez nosso povo seja o único que sabe haver um mundo inteiro sobre nossas cabeças. Portanto, não saiam anunciando que vieram da superfície, como fizeram conosco. A propósito, o que os fez descer?

— Viemos resgatar um amigo que se perdeu por aqui — explica Muzinga. — Ele, por sua vez, busca uma suposta cidade construída há mais de 11 mil anos pelo povo da Atlântida, um continente que afundou no mar há milênios.

— Vocês acreditam na existência dessa cidade? — questiona o rei.

— A essa altura, posso acreditar em qualquer coisa.

— Eu não tenho interesse nesse assunto. Mas conheço as teorias a respeito e... Hmmm!... Acabo de ter uma ótima idéia.

— Idéia? — indaga Caio, curioso.

— Venham. Vocês vão gostar de conhecer Mayu.

Os três afastam-se dali. Por alguns minutos, a festa continuará sem eles. No caminho, Muzinga deduz:

— Mayu é um nome inca.

— Será que aqui há descendentes deste povo? — questiona-o Caio, quando o tataravô comenta sua observação. Baquaqua segue mais à frente e não os ouve.

Ele os leva até uma garota de cerca de 20 anos. Ela tem traços de índio, o que reforça as suspeitas do velho. Muzinga e Caio constatam: como Mayu é bonita!

— Muito prazer — ela diz, quando o rei apresenta-lhe os dois visitantes. Sua fala revela um sotaque desconhecido, de alguém que aprendeu o português há pouco tempo.

— Mayu vive conosco há oito meses. Em viagem, perdeu-se de sua caravana e veio parar aqui. Desde então, busca alguém que a conduza à Miz Tli Tlan, sua terra natal.

— E onde entramos nisso? — pergunta Muzinga.

Caio não consegue ficar um minuto sem olhar para o lindo rosto de Mayu.

— Segundo dizem, a suposta cidade atlante que vocês procuram ficaria próxima de Miz Tli Tlan. Por que não viajam juntos? Vocês levam a garota de volta para casa e ela os guia até aquela região. Assim, todos ganham.

Tatataravô e tatataraneto entreolham-se, como se um perguntasse ao outro se há alguma objeção. Como nenhum dos dois faz qualquer ressalva...

— Arrume suas coisas, Mayu. No que depender de mim, você chegará em casa o quanto antes — diz Muzinga, ansioso por seguir viagem.

capítulo 9

A marcha de Muzinga e Caio prossegue no dia seguinte, desta vez com a companhia da linda moça. Eles andam por uma trilha aberta na mata. Caio está seduzido por Mayu, e mesmo Muzinga, que tem idade para ser seu tataravô, não consegue ignorar tanta beleza. O velho, porém, fica em alerta. Mayu tem uma falsa ingenuidade na face e consegue, numa simples olhadela, descobrir os pontos fracos mesmo de um desconhecido.

A primeira meia hora segue praticamente em silêncio. Muzinga é gentil com a moça, mas quer falar o mínimo possível na sua frente. Ela pode parecer tímida a princípio, porém só os está a estudando — é o que pensa Muzinga. Caio não vê qualquer ameaça naquele rostinho meigo e delicado. Para puxar assunto, aguarda um pretexto que demora a chegar. Quando aparece uma subida mais íngreme ou um trecho enlameado, ajuda a garota, dando uma de cavalheiro. Ela agradece com um sorriso e um olhar de cumplicidade que balançam as pernas do rapaz. Muzinga só observa.

Todo aquele silêncio é rompido da pior forma possível, ao menos para Muzinga.

— É verdade o que disseram? — pergunta Mayu. — Você tem mesmo 199 anos de vida?

— Sim — responde o velho, seco e desconfiado.

— Nossa, deve ser fascinante ter dois séculos de histórias para contar!

— É, deve mesmo — comenta Caio, querendo entrar na conversa mesmo sem que lhe ocorra nada de útil para dizer.

Muzinga nada diz. Deixa claro que o tema não lhe agrada. Voltam a ficar calados por alguns segundos e Muzinga chega a pensar que o assunto morreu ali mesmo. Engano seu.

— Como conseguiu essa proeza, Muzinga? Você tem cara de quem esconde um grande segredo.

Na mosca!

— Mayu, não quero falar nisso, está bem? Eu... Hã... Na verdade, isso tudo foi uma grande mentira. Tenho 60 anos de idade e nem um dia a mais que isso. Pronto, eis a verdade.

— Se há uma mentira, é o que você diz agora — afirma Mayu, sem se deixar enganar. — Você tem 199 anos de vida e posso ver cada um dos seus dias ao olhar em seus olhos.

— Pense o que quiser — diz Muzinga, ao perceber que é inútil tentar enganá-la.

Sua atenção é desviada, quando Caio espirra três vezes seguidas.

— O que foi, garoto? Está gripado?

— Acho... Acho que a sua gripe passou para mim — conclui o jovem.

— Em Miz Tli Tlan, alguém que desvendasse seu segredo tomaria o lugar do rei, sem sombra de dúvidas — comenta Mayu, com um falso desinteresse.

— Se depender de mim, garota, você não vira nem destaque de escola de samba — diz Muzinga sarcasticamente, mesmo sabendo que ela não entenderá nada.

Caio muda de assunto, constrangido com a rispidez do tataravô para com a garota.

— Fale-nos sobre Miz Tli Tlan. Como é sua terra?

— Como é? Hmmm... Não sei o que dizer. Não sou boa com as palavras. É melhor que vocês mesmo vejam, quando chegarmos lá.

— Vocês são descendentes dos incas? — pergunta Muzinga, mostrando interesse ao menos por esta conversa.

— Sim. Muitos de nossos antepassados morreram, quando os espanhóis invadiram sua terra. Parte dos sobreviventes veio para cá e fundou a cidade de Miz Tli Tlan, onde nasci.

— Se eu escrevesse isso numa prova de história — comenta Caio —, talvez o professor me reprovasse...

A trilha indicada por Mayu leva-os a galgar uma serra. Após uma hora de subida, Caio e Muzinga já ofegam, enquanto Mayu mostra uma ótima resistência. Não é para menos; ela nasceu naquele clima abafado, respirando o ar das profundezas da Terra, enquanto os pulmões dos dois brasileiros estranham essas condições.

Os três avistam uma pedra em forma de rosto. Caio tira a máquina para fotografar o monumento natural, mas Muzinga detém sua mão, instintivamente.

— Não na frente de Mayu. Ela vai se assustar com a luz do flash.

Caio compreende e guarda a câmera. O receio de Muzinga tem base. Naquele mundo, não há noite nem dia e a iluminação se mantém com poucas variações por todos os cantos. Muzinga reparou, no quilombo, que lá não havia qualquer utensílio de iluminação como lamparinas ou tochas. Aos dois, alguns pontos carecem de mais iluminação, mas para as vistas dos habitantes nativos, acostumadas com a luminosidade comedida, a claridade é suficiente. Talvez a luz intensa de um flash fotográfico possa até mesmo cegar um deles.

Mayu não demonstra satisfação ao ver a pedra em forma de rosto. Ela conhece a região e sabe o que os aguarda.

— A partir daqui, fiquem atentos. Seguiremos em silêncio até o outro lado da serra.

— Por quê? — questiona Caio.

— Estas redondezas são repletas de ladrões. Eles ficam à espreita, aguardando o momento certo para assaltar os viajantes — explica Mayu.

— Mas nós não podemos perder nossos equipamentos! — diz Muzinga, alarmado com o que ouve.

— O risco não é perder equipamentos — explica Mayu. — É melhor preocupar-se com a sua vida. Ninguém sai vivo ao cruzar com esses bandidos.

O silêncio dura quarenta minutos. O fim do trecho de risco, porém, está longe. Caio tenta pensar em coisas boas ou enlouquecerá.
Muzinga observa as imediações com o uso do binóculo.
— Alguém nos segue — ele diz, tentando manter a calma.
— Como assim? — pergunta o garoto.
— Não disse antes para não assustá-los. Mas aqueles quatro sujeitos fazem o mesmo caminho que o nosso há um tempo.
Caio pega o binóculo e quase cai para trás com o que vê.
— Minha nossa! Eles estão armados de facões!
— Temos uma vantagem de meia hora — informa o velho. — Se prosseguirmos mais rápido que eles, talvez os bandidos não nos alcancem.
— Pois então parem de falar e continuemos nossa marcha — diz Mayu, aflita.
É o que eles fazem, mais quietos ainda. Dessa vez, o silêncio não é só por precaução. Estão tensos demais para conversar.

Vinte minutos depois, Muzinga volta a observar com o binóculo a posição da quadrilha.
— Conseguimos aumentar a distância que os separa de nós — ele informa, com alívio. — Se manti-

vermos o ritmo, aqueles desgraçados ficam para trás de uma vez.

As esperanças se reforçam, dez minutos depois, numa nova espiada. A distância é ainda maior.

O trio já sente uma pontinha de alívio. Na curva seguinte, porém, Caio é o primeiro a descobrir sua verdadeira situação.

— Bosta! Caímos na boca do lobo!

Muzinga e Mayu assustam-se e descobrem do que o garoto fala. Os três ficam imóveis, sem ação. A 20 metros, três homens e uma mulher, sentados sobre uma pedra. O aspecto dos quatro é sinistro e fica claro o perigo que representam. Eles sorriem, mas são sorrisos que não escondem sua má intenção. Muzinga percebe que eles já os aguardavam. Não há dúvidas: estes também são assaltantes e estão tão perto de Caio, Muzinga e Mayu, que fugir fica fora de cogitação.

Os homens se colocam diante deles, com falsa simpatia. A mulher mantém-se sentada, observando-os. O mais velho pergunta algo em uma língua que Muzinga não conhece. Mayu entende o que ele diz e responde ao homem, tentando aparentar calma.

— Ele perguntou sobre nós. Respondi que somos viajantes — diz ela, traduzindo aos dois a conversa.

Um deles olha fixamente para Caio com um sorriso trêmulo. Esse sorriso causa calafrios no rapaz. O mais velho volta a falar, apontando para três pequenos casebres, mais à frente. Novamente, Mayu é a intérprete:

— Ele diz que o trecho a seguir é árduo. Quer que passemos a noite naquela casinha, como seus hóspedes.

Aquilo, sem sombra de dúvida, é uma emboscada. Mas, se tentarem fugir, serão mortos sem chance de reação. Sendo assim, não restam alternativas.

— Diga a esse canalha que estou muito grato e que aceitamos sua hospedagem — pede Muzinga, contrariado.

Eles são conduzidos a uma das casas. Todas estão em péssimo estado. Há muita tensão no ar.

A mulher, que não se dirigiu a eles até agora, abre-lhes a porta. A casa de apenas um cômodo está vazia e quase não há móveis ou objetos em seu interior. A anfitriã gesticula, apontando para as mochilas.

— Ela pede que vocês dêem suas mochilas. Quer guardá-las em um lugar seguro — traduz Mayu.

— Sei — comenta Caio com tom sarcástico. — Tão seguro que nem mesmo nós poderemos pegá-las de volta.

— Diga-lhe que usamos as mochilas como travesseiro — diz Muzinga.

A garota traduz a desculpa e a mulher se retira, encostando a porta.

— Não há como trancá-la — observa Caio. — A qualquer hora, pode entrar alguém aqui.

A janela também não tem qualquer tipo de tranca, mas Caio a fecha mesmo assim, a despeito da escuridão que fica dentro da casa.

— A caminhada de hoje foi exaustiva e precisamos descansar, apesar da nossa atual condição. Se quisermos fugir, temos que recuperar nossas energias — lembra Muzinga.

— Se dormirmos, eles nos atacam — adverte Mayu.

— Nos revezaremos em turnos — explica o velho. — A cada hora e meia, um de nós fica acordado, vigiando.

Muzinga é o primeiro a ficar de guarda, enquanto Caio e Mayu dormem. Ao seu lado, ele deixa a lanterna e o facão, para qualquer emergência. Espera não precisar usar ao menos o segundo item. Mas, numa situação drástica, lutará até o fim.

Por todo o seu turno, Muzinga aguarda o momento em que a casa será invadida, mas esse momento não chega. Seus olhos mal se mantêm abertos e sua cabeça não raciocina direito, tamanho é o sono. Uma hora e meia depois, chama Caio para ocupar o seu posto.

Caio desperta, sobressaltado, mas logo reconhece Muzinga. Mal dormiu e já tem que acordar.

— Trate de ficar atento, garoto.

— Pode deixar. Nem sei como consegui pegar no sono...

Muzinga deita no chão e, mesmo sem conforto e com toda a tensão no ar, adormece quase que de imediato. Com isso, fica com Caio a responsabilidade da vigília.

O jovem senta-se diante da porta, mas percebe que o sono ainda o ronda. Sendo assim, prefere ficar de pé. Se houvesse alguma luz ele espiaria o lindo rosto de Mayu.

Caio vigia a casa onde dormem, mas e aí? Se entrarem bandidos armados, o que ele pode fazer? Dar o alarme? De que adiantaria?

O tempo passa e sua angústia aumenta. Assusta-se ao concluir que, se não reagir no caso de uma invasão, os três serão mortos. Pois é certo que alguém entrará a qualquer momento. Não faz sentido imaginar o contrário. Eles correm grande risco, mas ficar passivo é entregar-se à morte.

Ele apalpa o chão, à procura de sua mochila. Ao encontrá-la, retira o martelo usado para fixar os pinos durante a escalada. Na falta de outra, aquela será sua arma.

Basta Caio empunhar o martelo para um facho de luz entrar no casebre. Fica paralisado ao ver os dois homens que entram sorrateiramente, com facas nas mãos. Antes que ele esboce qualquer reação, eles o flagram acordado. O tão temido encontro chegou.

O primeiro homem joga-se na direção de Caio para cravar-lhe a faca. Os reflexos do jovem agem rapidamente e, com uma martelada na mão do bandido, faz com que a faca voe longe. Num movimento de vai-e-vem, o martelo sobe, acertando o queixo do invasor. Ele cai para trás e Caio mal acredita no que acaba de fazer. Nem há tempo para isso, pois o segundo homem projeta-se em sua direção. A facada atinge a porta e só não corta o pescoço de Caio porque ele foi ágil, mais uma vez. O criminoso é igualmente rápido e acerta-lhe um soco no queixo. Caio tomba no chão e o homem já tem a faca de novo nas mãos. Ele se joga sobre o rapaz empunhando a arma branca e este só tem tempo de segurar com força o pulso do assaltante. A faca fica congelada no ar, a míseros centímetros da garganta de Caio. Aos poucos, ela se aproxima. Caio, em posição desvantajosa, retém a faca com todas as suas forças, quando nota que o segundo homem recupera-se e vem ajudar o cúmplice. De repente, tudo parece perdido.

Surge, porém, um clarão que quase cega a todos. Muzinga acorda com o barulho da luta e sua primeira reação é acender a lanterna. Os bandidos olham para a luz e gritam, em pânico, como quem vê fantasma. Antes que Muzinga parta em socorro do tataraneto, os dois bandidos fogem dali a correr. Muzinga, mesmo sem entender, sai da casa de lanterna na mão. Vê os demais bandidos à espreita aguardando o desfecho do roubo. Estes também se assustam com o que vêem. Muzinga tira proveito da situação.

— Morram, desgraçados — grita ele, jogando o facho da lanterna na direção dos bandidos, esquecendo-se de que eles não entendem sua língua. Mas o tom selvagem de seus berros já dá o recado.

Todos fogem, apavorados. Muzinga não entende o que aconteceu e é Caio quem mata a charada.

— Eles entraram em pânico ao ver a lanterna acesa. Devem achar que esse facho de luz é algum tipo de arma mágica.

— Quem diria!... Você tem razão, fedelho! Sem falar que essa luz toda deve ter doído bastante em seus olhos. De fato, a lanterna não deixa de ser um tipo de arma, ao menos contra eles.

A surpresa só aumenta quando percebem que Mayu não despertou com toda essa confusão.

— Acorde essa infeliz e nos mandemos daqui o quanto antes — diz o tataravô, ao desligar a lâmpada que salvara suas vidas.

capítulo 10

Já se passaram várias horas desde que eles cruzaram a serra. Os bandidos ficaram de vez para trás. Muzinga, Caio e Mayu seguem pela margem o curso de um rio que a garota tem como referência do caminho de sua terra. O trajeto é tranqüilo e o som das águas é relaxante. Após a noite maldormida, eles têm que lutar para manterem-se despertos. É tentadora a idéia de deitar e dormir, mas a marcha deve continuar. Segundo Mayu, há chances de chegarem a Miz Tli Tlan ainda naquele dia. No máximo, no dia seguinte. Muzinga, que comanda a expedição, convence os dois de que, quanto antes chegarem, menos riscos correrão.

Mas a caminhada tem algumas pausas.

— Aproveitemos as águas do rio para nos banharmos — propõe Muzinga. — Estou me sentindo nojento!...

— Apoiado! — diz Caio.

— Você mergulha aqui, Mayu, e nós, os rapazes, vamos para um ponto mais afastado — sugere o velho mulato, rotulando-se cinicamente como "rapaz".

— Está bem. Logo mais, nos encontraremos aqui novamente — concorda a garota.

Os "rapazes" se afastam uns 200 metros. Caio, que já demonstrou antes ter uma ótima visão, acompanha de longe a silhueta de sua nova musa a se banhar. Sua vontade é observá-la com os binóculos, mas tem vergonha de fazê-lo diante de Muzinga (mesmo achando que o velho adoraria a idéia). Eles tiram as roupas e as largam sobre uma pedra. Em seguida, entram na água.

— Minha nossa, está gelada! — grita Caio, batendo o queixo e dando quatro espirros consecutivos.

— Não, não acho... Será que você está com febre?

Muzinga coloca a mão na testa do tataturaneto mas não tira qualquer conclusão.

— Acho que o susto de ontem foi tanto que até esqueci da minha gripe — comenta o garoto. — Mas, agora que estou relaxado, volto a sentir meu corpo fraco, além de um pouco de dor de cabeça...

— Pegue mais um comprimido de vitamina C na minha mochila.

— É o que farei, assim que sairmos da água.

— Mudando de assunto... O que você acha de Mayu? — pergunta Muzinga.

— Maravilhosa! Que rostinho lindo! Sem falar nas...

— Não é isso o que eu pergunto, seu adolescente tarado! O que eu quero saber é: você confia nela?

— Se confio em Mayu? Ora... Sei lá. Não confio nem desconfio. Simplesmente não vejo onde ela possa nos trair. Não é também seu interesse chegar a Miz Tli Tlan?

— Você não está errado. Talvez seja cisma minha — admite Muzinga. — Mas há algo nessa moça que me incomoda. Não vejo a hora de a deixarmos em casa e seguirmos nosso trajeto, sozinhos de novo.

— Então, vamos nos vestir e prosseguir nossa viagem.

— Sim. Mas...

Muzinga olha para a margem e estranha o que vê. Ou melhor: o que não vê.

— Onde estão nossas roupas?

Mal a pergunta é feita e eles ouvem uma risadinha, vinda de trás das árvores.

— O que acontece aqui? — indaga Caio, encucado.

Mayu, já vestida, aparece por trás do tronco, rindo e acenando para os dois.

— Nossas roupas! — grita Muzinga, ao vê-las nas mãos da garota.

— Droga, Mayu! — exclama Caio. — Devolva-as!

— De jeito nenhum. Um de vocês terá que vir pegá-las.

Tatataravô e tatataraneto se entreolham. Custam a acreditar naquela palhaçada.

— O tempo passa, infeliz! Isso não é hora para brincadeiras — reclama Muzinga, já impaciente.

— Venham pegar suas roupas e nós continuaremos a viagem — diz a garota, com um sorriso cínico nos lábios.

— Caio, vá e pegue nossas roupas de volta com aquela doida.

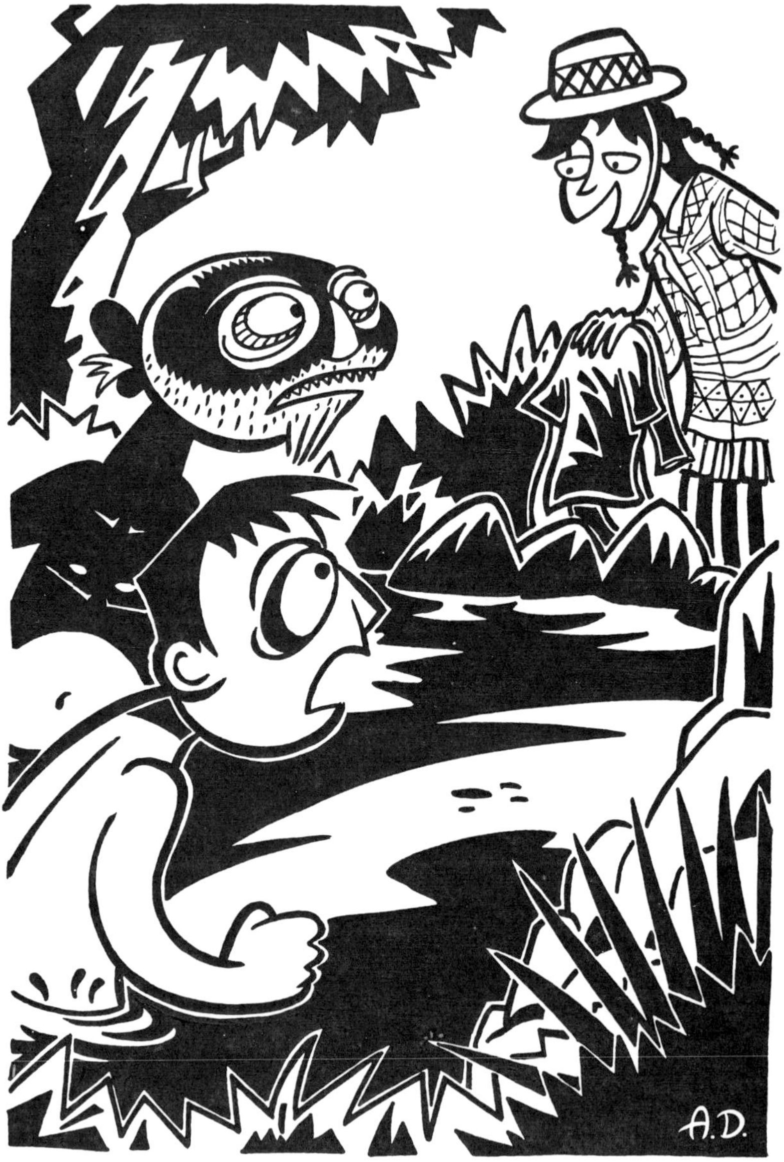
A.D.

— Eeeeeeu??? Quer que eu saia daqui pelado? Por que não vai você, ora?

— Porque eu sou um senhor de respeito — responde Muzinga, sem paciência. — Não tem cabimento ficar nu diante de uma menina que tem idade para ser minha tataratataraneta!

— "Senhor de respeito"... Só me faltava essa.

— Vai logo, fedelho! — grita Muzinga, empurrando-o.

Caio tenta, na medida do possível, esconder sua nudez com as mãos. Talvez em toda a história da humanidade jamais um rosto ficara tão vermelho quanto o seu. Ele sai do rio nesse estado ridículo e corre na direção de Mayu, xingando-a de nomes que não merecem ser registrados, tamanho o baixo nível. A garota foge às gargalhadas, forçando-o a correr pelado de um lado a outro. A essa altura, até mesmo Muzinga se diverte com tal cena patética.

— Pare com isso, desgraçada! Devolva as nossas roupas! — grita Caio, desesperado.

— Está bem, como quiser! — diz a garota, como quem aprontará mais uma em seguida. De fato, ela joga calças, camisas e cuecas, todas de uma vez, para o alto, pendurando-as no galho de uma árvore.

— Vá pegá-las, Caio! — ordena Mayu, sadicamente.

Caio hesita, mas logo vê que não tem escolha. Sobe na árvore desajeitadamente, tentando tapar suas partes íntimas ao mesmo tempo que se segura na árvore. Mesmo Muzinga, a essa altura, já chora de rir.

Finalmente, Caio consegue resgatar as peças e trata de vestir calça e camisa. Pega também as de Muzinga e chega ao tatataravô para entregá-las. Irrita-se ao ver seu sorriso zombeteiro.

— Sua sorte é que a máquina fotográfica não estava ao meu alcance — diz o velho, após mais algumas risadas. — Seriam fotos perfeitas para circular pela internet!

— Ótimo, então vá pegar suas roupas enquanto tiro fotos suas — diz Caio, ameaçando jogá-las longe.

— Ei! Está bem, já parei com a gozação...

Os dois vestem-se, enquanto Mayu passa mal de tanto rir.

— Quanto a você — diz Muzinga a ela —, o que raios tem na cabeça, criatura? Se você não se preocupa com nada, isso é um problema seu, mas nós temos pressa!

Inútil tentar qualquer conversa. Mayu não consegue — e nem tenta — ficar séria. Neste clima de mau humor de um lado e gargalhadas do outro, ela aponta para uma canoa.

— Sigamos pela água. Assim, ganhamos tempo e vocês ficam livres de mim mais cedo.

— E se o dono do barco aparecer? — pergunta Caio, com prudência.

— Não há ninguém por perto — observa Muzinga. — Vamos, qualquer minuto ganho pode ser a diferença entre salvarmos ou não salvarmos Lázaro.

Os três empurram o barco até a água. Mayu é a primeira a entrar. Muzinga senta-se também, seguido por Caio. Por fim, ajeitam as mochilas em um canto da pequena embarcação. Antes da primeira remada, porém, o receio do jovem mostra-se acertado.

— Quem é aquele maluco? — pergunta Muzinga, ao ver ao longe um homem correndo em sua direção, a gritar palavras em uma língua desconhecida.

— Quem poderia ser? É o dono do barco! — responde Caio. — Força nos remos!

O homem ergue seu facão, mas é tarde. O trio de ladrões afasta-se nas águas do rio e foge com sua embarcação, sem que ele possa fazer nada.

As pernas finalmente descansam, mas os braços terão que trabalhar. Só há dois remos e os homens pegam no pesado enquanto a moça apenas assiste.

Mas isso logo muda, após 20 ou 25 minutos. A partir de um ponto, a correnteza já é mais forte que os remos.

— Se eu disser que estou tranqüilo — comenta Muzinga — estarei mentindo...

A fúria da correnteza aumenta gradativamente e eles perdem o controle sobre o bote. O remo que Caio segura bate em uma pedra e, com o impacto, cai na água.

— Seu idiota! — grita Muzinga, desesperado. — Como é que você deixa cair o...

Antes de terminar a frase, porém, é Muzinga quem deixa o outro remo cair. Caio não rebate a bronca, pois a situação é bastante séria.

O rio, antes calmo, agora parece uma montanha-russa. Além das descidas bruscas, pedras cada vez maiores cortam o caminho e o risco de colisão é cada vez maior. O barco, por conta própria, desvia de uma, de duas, mas Muzinga tem dúvidas se a sorte os poupará de uma terceira pedra. Os três se agarram, numa tentativa desesperada de não serem lançados às águas do rio. Se isso acontecer, não haverá chance de resgate.

Numa última cuspida, o rio arremessa o barco vários metros à frente. De repente, a calmaria. Os marujos de água doce precisam de alguns instantes para se recomporem, até perceberem que estão sobre as águas de um imenso oceano subterrâneo.

— Poderia ser pior — diz Muzinga, após horas a boiar por aquele mar sem fim. — Se estivéssemos na superfície, morreríamos com a insolação.

— Ótimo consolo — ironiza Caio. — Em vez disso, morreremos de fome.

Muzinga nada diz. Mayu apenas choraminga.

Em alguns momentos, mesmo Muzinga parece perder as esperanças. Os remos se foram, mas de que eles adiantariam naquela situação? No ponto onde estão, não há qualquer vestígio de terra. Para onde quer que olhem, é apenas mar que conseguem ver. Mayu admite ter confundido este rio com outro. Caio olha em volta na esperança de encontrar uma ilhota ou qualquer lugar onde possam desembarcar e o velho sente orgulho pela garra do tataraneto. O fedelho é do seu time: não entrega os pontos jamais. É ele quem anuncia, de repente:

— Um barco!

Muzinga e Mayu surpreendem-se. Caio tem razão: um barco se aproxima!

— Acene com sua camisa! — propõe Muzinga a Caio, fazendo o mesmo.

Ficam de pé e o barco não vira por sorte. Os três gritam por socorro, mesmo sem saber se os tripulantes podem ouvi-los.

Eis que o navio muda a rota e vem em sua direção.

— Eles nos viram! — exclama o garoto. — Estamos salvos!

O navio se aproxima cada vez mais e já está perto o suficiente para que eles possam ver as caras dos tripulantes. Com isso, é Mayu quem quebra o clima de comemorações.

— Posso estar enganada — ela diz. — Mas, pelo aspecto desses homens, eu juraria que estamos diante de um navio pirata.

capítulo 11

Sem escolha e acuados, os três são forçados a subir no navio.

O primeiro soco é Muzinga quem leva, e bem na barriga. O segundo acerta seu queixo.

— Filho-da-mãe! — grita Caio, ao partir para cima do troglodita. Um ato heróico, mas inútil. Com uma bofetada na cara, o garoto voa longe.

A truculência daqueles biltres deixa claro que todos ali são bandidos dos mares. O navio, na verdade, é uma embarcação entre pequena e média, que lembra as antigas caravelas. Treze homens convivem nela e é difícil dizer qual entre eles tem aparência mais assustadora. Mayu é a única a não apanhar. Porém, seus braços doem, pois um dos homens a segura por trás com toda a força.

Nenhum dos brutamontes usa tapa-olho ou perna-de-pau, como os piratas clássicos dos filmes. Suas vestes estão mais para trapos do que propriamente roupas e, assim como os quilombolas, suas peles quase não têm pigmentação.

O capitão berra algo que nem Muzinga nem Mayu — muito menos Caio — compreendem.

— Eu entendo os chutes e socos — diz Muzinga, quase sem voz. — Mas, para entender seus gritos, você terá que usar língua de gente.

— Ah, *entaom* o *portugrês* é que é língua de gente para *focê*, hein?

Os três olham, boquiabertos.

— *Estaom surpressos*, é? Saber eu diz língua de *focês* admira causa, é?

— Ah, é em português mesmo que você fala? — diz Caio, com ar de ironia. — Por um instante, fiquei na dúvida.

— *Focê* piada pode, mas *querro fer* rir mais depois *focê* — diz o capitão (e quem mais seria?).

Um dos piratas faz-lhe uma pergunta em seu idioma e ele responde. Muzinga não entende mas deduz que aquele tipo é o único entre eles que fala português, mesmo que mal e porcamente.

— *Horra desemmboutcha focês quém fei* da *focês*! — ele grita.

Caio e Muzinga entreolham-se sem compreender os grunhidos.

— *Focês quém serrá*!! Eu *quérr saberr* quem *focês serrá*!!

— Ele quer saber quem somos — conclui Caio.

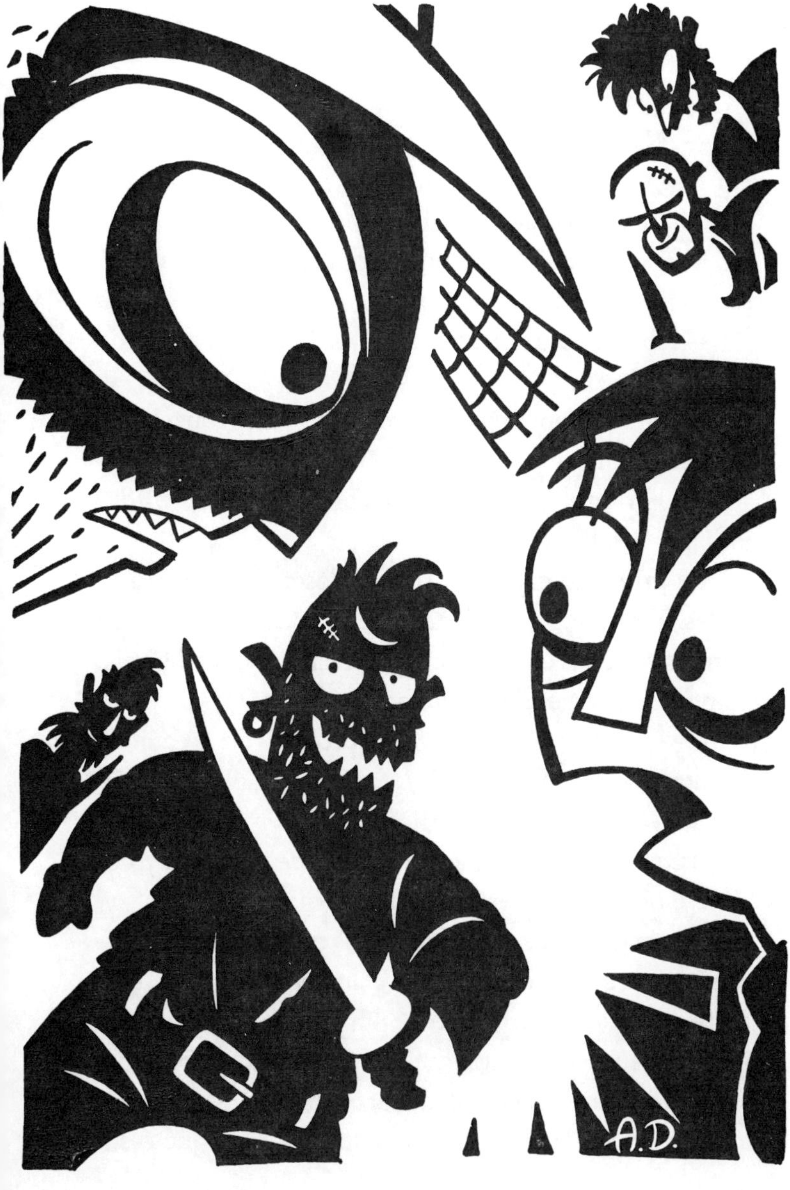
A.D.

— Somos viajantes — responde Muzinga — e viemos de muito longe.
— *Querrem qué aquí?*
— Não pretendemos incomodar ninguém. Viemos em resgate de um amigo. Mayu é nossa guia, pois ela sabe onde fica a cidade de Ibez, que sequer...

Muzinga pára a frase no meio. Espia Mayu e vê em seus olhos um clamor para que ele não revele mais nada.
— Ibez?? Garota essa guia *focês prrá cidádje* de Ibez??

O velho, sempre tão esperto, desta vez jogou a bosta no ventilador.
— Há anos *prrocurra Ibez! Tesourros grrandes múintos* nela!!

Os gritos do capitão são dirigidos aos outros tripulantes. Eles ouvem com atenção. Erguem os braços de punhos cerrados e gritam em coro palavras ininteligíveis, com sorrisos de orelha a orelha.
— *Focê* guia nós *cidádje tesourros!* — diz o capitão, apontando para Mayu. — *Dois focês* — diz, olhando agora para Muzinga e Caio — ficam *prresos poraum! Vaum descascarr* bonecas, até *décidirmous* se *deitchámous focês fiferem* ou se *jogámous focês* em alto-mar!

O capitão dá uma ordem a dois piratas e estes agarram tataravô e tataraneto pelos braços. Neste momento, sem se conter, Caio dá um espirro, que respinga na cara de um dos brutamontes. Este grita, revoltado e levanta o garoto pela gola de forma brusca. Muzinga se assusta e Caio entra em pânico quando nota que o sujeito o jogará do navio. Mas o capitão berra uma ordem de forma veemente e o pirata coloca Caio novamente no chão.

— Se *cuspirr* de *nofamente* na *carra* de algum mais, eu deixa matar *focê*!

A dupla é trancada em uma cela no porão. Os piratas voltam para o convés principal e, mesmo presos e impotentes, os dois sentem um certo alívio ao poderem falar sozinhos novamente.

— "Descascar bonecas"? Que raios é isso? — indaga Caio, perplexo.

— Essa criatura não fala uma frase sem trocar as palavras. Talvez tragam batatas para descascarmos, ou algo assim. Que figura tosca, minha santa Genoveva! Parece um fugitivo do hospício!

— E que história foi aquela de acusar-me de cuspir na cara do sujeito? Tudo bem, não é educado espirrar na cara de alguém. Mas esses idiotas não sabem a diferença entre um cuspe e um espirro?

— Hmmm... Talvez não — diz Muzinga, pensativo.

— Isso seria interessante.

Nem as batatas, nem as bonecas vieram. A euforia do suposto tesouro de Ibez é tanta que Caio e Muzinga são esquecidos na cela até o dia seguinte. Estão por todo esse tempo sem água e comida, mas a higiene no interior da embarcação é tão precária que o apetite dos dois evapora. A única distração é ver o mar, através do vidro de uma pequena janela.

Horas depois, percebem alguém descer pelo som de seus passos. Um dos piratas traz Mayu pelo braço. A garota é jogada na cela, juntando-se a eles. Tensa, encara os dois, mas não diz nada. O homem sai mas logo volta com três pratos de uma gororoba nojenta. Caio e Mayu recusam-se a comer. Muzinga adverte aos dois:

— Sabe-se lá quando servirão comida novamente. Não adianta esperar por algo saboroso porque, quando bater a fome, é isso aqui mesmo — ou coisa pior — o que vocês comerão.

Caio se rende e prova daquela gosma. Sente ânsia de vômito, mas prende a respiração e dá algumas garfadas. Mayu mantém-se distante do prato.

— O que disse a eles? — pergunta Muzinga à garota.

— A verdade. Eles queriam saber a localização da cidade e eu lhes revelei tudo.

— Acha que fez o certo? — questiona Caio.

— Fui forçada a isso. Bem, eu poderia inventar, mas para quê? Mesmo que encontrem Ibez, não conseguirão o que querem.

— Como assim? — indaga Muzinga.

Mayu não responde. Mantém-se calada, como quem tem um ás na manga. Muzinga não insiste, mas fica ainda mais desconfiado. O que ela quis dizer? O velho suspeita que alguma surpresa desagradável aguarda qualquer um que se meta a descobrir Ibez, sejam estes piratas ou mesmo Muzinga e Caio.

— Você também ouviu? — pergunta-lhe o tataraneto.

— O quê?

— Alguém lá em cima não pára de espirrar. Cada espirro que chega a tremer todo o barco.

Fazem silêncio e Muzinga presta atenção. Mayu mantém-se à parte da conversa. Escutam mais espirros.

— Nossa, com um espirro desses, os meus dentes voariam longe — diz Muzinga.

Ouvem passos. O capitão aproxima-se, preocupado.

— *Fizzerraom* o *qué* com homem *méo*? — ele berra, revoltado.

— O que aconteceu? — indaga Caio, sem entender.

— Homem *meo* caído, *focês* culpas!!

— Não sei do que você fala — alega o velho, cinicamente. — Mas, se quiser, posso ir até lá ver.

— *Entaoum* comigo *véinha*! — determina o capitão, abrindo a cela para Muzinga sair.

Eles sobem até o dormitório da tripulação. Lá, o homem que quis jogar Caio ao mar está deitado. É ele quem dá os espirros macabros. Todos os demais o rodeiam, preocupados. Muzinga repara que o homem treme e aperta a cabeça com as mãos. Deve ter febre e uma bruta dor de cabeça.

— Está ele! — indica o capitão. — Que com ele *acontecér*?

Muzinga põe a mão na testa do infeliz. Está tão quente que poderia usá-la para fritar um ovo.

— Isso é mau...

— Mau *perrcebei* eu já! Mas que *acontecér* com *maróujo*?

— Vocês subestimaram Caio, o rapaz que me acompanha — adverte Muzinga, com a cara mais séria do mundo. — Apesar daquela cara inocente, ele é um poderoso feiticeiro.

Faz uma pausa para dar suspense e continua.

— Eu confesso: quero distância daquele demônio, mas ele me lançou uma maldição. Se eu me afastar do garoto por mais de 100 metros, minha cabeça explode.

O capitão ouve tudo, pasmo. Traduz para seus homens. Os piratas arregalam os olhos. A despeito de Muzinga ser um canastrão, ninguém ali duvida do que ele diz.

— *Pourr qué fass* ele *issto*?

— Caio quer ter sempre à sua disposição alguém encarregado de coçar-lhe as costas. Eu fui o escolhido porque tenho unhas fortes.

Mais uma vez o capitão traduz o que o velho diz. Pelas caras de assombro, Muzinga vê que estão engolindo esta besteirada.

— *Diss* logo acontece o que *cóum maróujo*!

— Ainda pergunta? Esse sujeito tentou jogá-lo ao mar! O feiticeiro se vingou, amaldiçoando-o. Não tenham dúvidas: seu marujo não tem mais que poucas horas de vida.

Após a tradução, Muzinga vê o infeliz entrar em pânico. Por um instante, quase sente dó daquele brutamontes. Mas a certeza de que ele e o tataraneto serão mortos pelos piratas mais cedo ou mais tarde é suficiente para que prossiga com aquela farsa.

— Eu *fou* lá descer e matar *feiticerro*!!

— Não faça isso! — grita Muzinga, assustado. — Caso você cometa essa burrada, todos nós morreremos no ato e as nossas almas se decomporão junto com nossos corpos.

O capitão se assusta.

— *Naoum* há a *fasser* nada pra *coissa* ruim *naoum acountecé*?

— Hmmm... Posso tentar diminuir a força do feitiço com uma simpatia, mas não tenho certeza se funcionará. Preciso de um copo com água, além da participação de todos vocês.

Cansado de traduzir o diálogo, o capitão resolve ele mesmo trazer o copo.

— Mande o marujo amaldiçoado cuspir na água.

O homem obedece à ordem traduzida pelo capitão.

— Sei que é meio nojento, mas agora todos vocês beberão deste líquido, cada um dando um gole.

Muzinga pensa, por um instante, que haverá resistência da parte deles, mas esses tipos são tão porcos que não se importam em seguir suas ordens. "Ótimo", ele pensa.

Por fim, o capitão estende-lhe o copo.

— *Agorra* beber *focê*!

— Não, eu não! — diz Muzinga, enojado. — Para quebrar o feitiço, bastam os goles de seus companheiros.

Ele ajeita o chapéu e continua.

— Agora veremos se o feitiço acaba ou, pelo menos, diminui de intensidade. De qualquer forma, pedirei ao bruxo que poupe o nosso amigo moribundo.

O capitão ordena a um dos homens que leve Muzinga de volta à cela. Logo são deixados sozinhos como antes.

— O que aconteceu lá em cima? — pergunta Caio. — Que fez lá esse tempo todo?

— Prefiro não contar por enquanto. Não quero dar falsas esperanças. E não fale nada na presença daquele capitão. Muito menos demonstre medo, aconteça o que acontecer.

— Pois já demonstro medo só de ouvir isso... Ao menos, explique por que aquele tipo me olhou com uma cara tão estranha. Por um instante, achei que ele tinha medo de mim...

— Pare de fazer perguntas! Exercite a sua paciência e aguarde mais um pouco, que as respostas virão.

Mais horas passam. Horas longuíssimas.

Caio não tira os olhos da janela. A vista é sempre a mesma. Os três prisioneiros aguardam em silêncio, nem sabem bem o quê. Silêncio cada vez mais interrompido por espirros. Espirros diversos: não é mais um único homem que está a espirrar; ao menos é o que lhes parece.

Caio olha para Mayu, que não emite mais um som sequer. Ela continua linda, mas sua paixão por Juliana é maior. É nela que pensa nesse momento tão difícil. É ela a garota que Caio gostaria de abraçar agora. Ele repete a si mesmo que escaparão dali e Juliana será a primeira a ouvir os relatos desta aventura. Histórias que serão registradas no papel, como sempre fez Muzinga.

Subitamente, uma terrível visão interrompe seus devaneios e Caio grita, apavorado.

— Olha!!

— O que foi? — pergunta Muzinga.

— Um... Um homem caiu no mar! Minha nossa, acabei de vê-lo passar diante da janela como um relâmpago!

— Foi?

Muzinga faz uma pausa, reflexivo. Depois sorri.

— Engana-se. Você não viu um homem cair no mar.

— Ah, é? Então, o que foi que eu vi?

— Não foi um homem e sim, um corpo. Quando um marujo morre, seu corpo é jogado às águas do oceano.

Caio espanta-se com o que ouve. Mas não tem tempo de fazer qualquer outra pergunta. O capitão vem à cela correndo, em desespero.

— *Porr carridadje*!! Que *focês*... — dá três espirros seguidos e enxuga o nariz. — O que *focês querrer* em *trroca acabá maldicáum*??

— O feitiço não foi quebrado? — pergunta Muzinga, representando mais uma vez.

— Feitiço todos *nóss agorra*!! Tudo *nóss* mal! Um homem *morréo* já e *otros morré vaum*!!

Caio lembra-se do conselho de Muzinga e faz uma força sobre-humana para não perguntar o que se passa.

— O feiticeiro decidiu — diz o velho. — Enquanto não formos libertos, seus homens morrerão um a um, até não sobrar mais ninguém.

O capitão se apavora. Mas não só ele. Mayu, encolhida no canto, assusta-se com o que ouve. O jovem, por via das dúvidas, também se encolhe.

— Eu *consultarr* homens! — diz o capitão, saindo às pressas.

Caio aproveita a brecha para questionar sobre o que se passa.

— Que raios está acontecendo aqui? O que você fez para derrubá-los?

— Eu não fiz nada, fedelho. Quem fez foi você.

O fedelho arregala os olhos e quase cai para trás, tamanho o espanto.

— Eeeeeeeu?? Você quer dizer que sou eu quem está matando esses piratas?

— Sim, mesmo que involuntariamente — afirma Muzinga. — Quer dizer, eu ajeitei a bola, mas foi você quem chutou para o gol.

— Droga, quer parar com as analogias e explicar tudo de forma clara?

— Você espirrou na cara do pirata, lembra? Pois o povo deles, pelo visto, jamais teve contato com o vírus da gripe, ou teve muito pouco. Daí, seu organismo não pode ter defesas contra uma doença que desconhece. Uma gripe nos deixa mal por dois ou três dias mas, para eles, é uma doença devastadora, que pode matar em poucas horas.

O capitão aparece de novo.

— *Focês fenceraum*!! *Digaum* lugar *querrer nóss* deixa *focês*, mas *jurrem* que *maldiçáum* acaba!!

— Eu... Eu juro... — diz Caio, a gaguejar.

Em pouco tempo, os três pisam novamente em terra firme. Aportam em uma praia deserta, de areias douradas e mar bravio. Antes do desembarque, Muzinga faz uma última advertência para o capitão.

— Vocês permanecerão no navio nos próximos 15 dias. Aquele que desobedecer, virará uma estátua de pedra. Depois desse prazo, estarão livres para retomar suas vidas normalmente.

Muzinga e Caio conferem seus pertences. Ficam aliviados ao verem que nada sumiu. O navio parte e eles se livram de mais aquele pesadelo.

— Onde está Mayu? — pergunta Caio.

Os dois olham e só então notam que a garota corre entre as dunas.

— Mayu! Aonde vai? — grita Muzinga.

— Afastem-se de mim! — ela berra, em pânico. — Deixem-me partir!

— A idiota acreditou na história do feitiço! — exclama o velho.

— Mayu! Não tenha medo! Não lhe faremos mal! — grita Caio.

Mas a garota já está longe e nada indica que ela vá voltar.

— Droga... — diz o jovem ao tataravô. — Ela pensa que corre perigo ao nosso lado.

— E não corre? — pergunta Muzinga.

— Você acha que...

Muzinga não fala nada. Caio conclui sozinho:

— Tem razão. A cada espirro meu, sua vida de fato é colocada em risco.

— Por que acha que forcei o capitão a ficar 15 dias em alto-mar? Caso eles desembarquem no meio de um povo qualquer, podem causar uma epidemia devastadora.

Sentam-se na areia. Precisam reestruturar-se.

— Acamparemos aqui — propõe Muzinga. — Ficaremos nesta praia até você se curar.

Caio consente, calado. Muzinga muda o tom da voz:

— Quer que eu coce as suas costas, amo?

— Não entendi a piada.

— Deixa pra lá.

capítulo 12

A pesar do espirro ter salvo a vida deles — à custa das vidas dos piratas —, Muzinga nota que Caio se sente culpado. O tataravô tenta ajudá-lo e confessa ter sido ele mesmo, com aquela história da cuspida no copo, quem fez com que os outros piratas se contaminassem. Mas pouco adianta. Muzinga, então, respeita o garoto e não toca mais no assunto. Deixa que ele assimile seus fantasmas. Racionalmente, Caio concorda com tudo o que Muzinga diz, mas o emocional não raciocina. Muzinga o compreende, pois também sentiu-se assim uns 180 anos antes, quando cravou a faca no feitor Juscelino. Por mais que odiasse aquele desgraçado, a verdade é que o remorso de tê-lo matado o assombrou por inúmeras noites nas décadas seguintes.

Na primeira noite, acampados na praia, o garoto apenas dorme, abatido. Muzinga calcula que ele tem uns 38 graus de febre. Temperatura que inspira cuidados. Na falta de outro remédio, cabe aos comprimidos de vitamina C a tarefa de curá-lo.

Se foi ou não a ação dos comprimidos, isso Muzinga não sabe. O fato é que, um dia depois, Caio está bem melhor. Já digeriu a morte dos piratas e sente-se pronto a retomar a aventura. Muzinga, por prudência, prefere dar mais dois dias de prazo para a gripe expirar.

Não são dias perdidos. Jovem e velho nunca conversaram tanto. Caio fala de sua paixão por Juliana, algo que antes guardava somente para si. Muzinga simpatiza cada vez mais com o fedelho e já imagina outras aventuras com ele. Suas inseguranças e fobias são próprias da idade e é importante que ele as tenha. Quem nada teme morre na primeira esquina. Medos são importantes, desde que na medida certa. Caio os tem, mas Muzinga enxerga em seu tataraneto a força, a determinação e a garra necessárias a um verdadeiro aventureiro. Outra observação importante: em todos os momentos em que suas vidas estiveram em perigo, Caio não se desesperou. Soube manter a calma de forma que as coisas não piorassem ainda mais. "Esse fedelho vai longe", pensa o velho.

Após ouvir sobre Juliana, é Muzinga quem conta suas histórias "românticas". Tudo na vida de Muzinga resume-se a aventuras e com as mulheres não seria diferente.

Alguns relatos incomodam Caio. Ele não fica à vontade ao ouvir os casos amorosos do tataravô, que deixaram como rastro alguns corações partidos. Muzinga conta tais passagens às gargalhadas, o que o desconcerta. Reflete, mentalmente, que Juliana não precisa ter medo.

Caio, como seu namorado, não se comportará como um patife. O rapaz tenta, porém, relevar a importância das histórias que ouve pelo fato de essas pobres mulheres, iludidas por Muzinga, terem morrido há décadas.

O velho conta também sobre as mulheres que realmente amou e, nestes relatos, o tom é outro. Ali, sim, Caio pode voltar a admirá-lo. Para estas mulheres especiais ele foi um sujeito realmente bacana. Se bem que Muzinga não vê muita graça em expor-se como um homem correto. Gosta mesmo é de contar as besteiras que apronta mundo afora.

Saindo do assunto mulheres, Muzinga aproveita o clima confidencial e conta sobre sua aventura na tribo de Pythia, quando foi projetado para fora do corpo e pôde visitar a cidade de Ibez. Caio tem que fingir surpresa, ou o tatataravô saberá que ele andou lendo em segredo suas anotações.

— Então, se você já esteve em Ibez, nada do que estamos vivendo é novidade para você — diz o garoto.

— Está enganado. Apenas vi imagens da cidade, mas nenhum dado sobre sua localização me foi passado. E se na época levei essas visões a sério, hoje acredito que tenham sido apenas fruto de alucinações.

Em seguida, Muzinga narra um caso intrigante que aconteceu com ele nos anos 1950, quando esteve preso, e que também teve piratas envolvidos, ao menos indiretamente. Caio conhece esta história por tê-la lido em suas anotações — mais uma de suas leituras feitas em segredo. O tatataravô narra com descontração os infortúnios e surpresas vividos, mas não com tantos detalhes quanto os registrados no papel. Daí, entre as duas, Caio fica com a versão escrita:

"A felicidade é um intervalo no sofrimento". Por dois anos, mais precisamente 1956 e 1957, convivi com esta frase na parede da minha cela, deixada lá por seu antigo inquilino. Dois anos que passei detido no Instituto Penal Cândido Mendes, mais conhecido como Presídio de Ilha Grande.
Estive preso por este tempo por um motivo bobo, do qual nem vale a pena falar. Mentira minha? Ora, se é para o condenado mentir, ele diz logo que é inocente. Não nego: aprontei, mas nada de grave.
Desnecessário dizer que são anos dos quais não sinto saudades. Sei que não há nada de novo em dizer que a vida num presídio é algo próximo do inferno. Sim, tenho muitas revelações surpreendentes sobre este episódio, mas estas vêm mais à frente. Por hora, resigno-me a ser apenas mais um a afirmar: a vida naquele presídio era algo próximo do inferno.
Os tempos eram outros. Não havia rebeliões como hoje, nem bandidos poderosos aterrorizando o país de dentro de suas celas. Mas, ao nosso modo, dávamos trabalho aos policiais. As brigas eram constantes e as tentativas de escapar, quase diárias. Por muitos anos, o presídio de Ilha Grande foi o recordista em todo o Brasil em fugas de presos.
Durante minha detenção, segui a política da boa vizinhança. Os demais presos, por sua vez, simpatizavam

comigo espontaneamente, pela minha idade e pelas histórias interessantes que eu contava. Ao ouvirem meus feitos, todos — prisioneiros e policiais — deduziam que, mais cedo ou mais tarde, eu fugiria dali.

De fato, ao completar sete meses no presídio, tentei minha primeira fuga junto com Fuinha, meu colega de cela. Fomos capturados ainda na praia e espancados de forma brutal para servirmos de exemplo. Fuinha não sobreviveu à sova. Eu, mesmo todo quebrado, tive que passar trinta dias na solitária, um cubículo minúsculo com um único canal de entrada de ar. Foi como passar um mês enterrado vivo.

De volta à minha cela, os presos saudaram-me com gritos de vitória. Ficaram felizes ao me verem de volta e de pé. A partir deste incidente, decidi não me precipitar mais. A fuga seria planejada meticulosamente.

Quanto aos detalhes deste novo plano, seria monótono expô-los aqui. O importante é dizer que consegui contatar meu camarada Prado, que se comprometeu a me ajudar. Prado enterraria, próximo ao presídio, um facão e uma mochila com provisões e itens dos quais eu precisaria para penetrar na mata fechada. Ele me aguardaria em um ponto combinado e iríamos de lancha para longe da ilha.

Venci a primeira etapa da fuga ao pular o muro do presídio. Mas uma segunda muralha separava os fugitivos da liberdade: o mar, onde muitos que já se julgavam livres perdiam a vida. Não foram poucos os relatos que ouvi sobre presos devorados por tubarões ou afogados ao fugir a nado — quanta ingenuidade! — ou em embarcações rústicas.

Cruzar o oceano, porém, era uma preocupação para mais à frente. Era noite, uma noite escura e nebulosa, exatamente o que eu precisava para ter sucesso na minha empreitada. Tomei os cuidados necessários para que só sentissem minha falta no dia seguinte, o que me daria horas de vantagem.

Com esta precaução, cheguei ao ponto onde a mochila estaria enterrada. Não demorei a encontrá-la — aliás, não sei é como ninguém encontrou-a antes de mim. Prado tinha fama de fazer serviço porco e não era uma fama infundada. Ele não enterrara a mochila, ele apenas a sujara com um pouco de terra em cima. Mas, enfim, eu a tinha nas minhas costas e dela tirei o facão para cruzar a mata fechada.

Nas três horas seguintes, abri caminho na mata. Após esse tempo, decidi fazer um pequeno intervalo para comer. Na mochila havia milho, ervilha e sardinhas. Tudo em lata, mas Prado não se lembrou de colocar junto um abridor... Ainda tentei arrombá-las com o facão, sem sucesso. Depois de pronunciar baixinho todos os palavrões que eu conhecia, larguei a mochila e prossegui apenas com o facão. Ao menos, livrei-me de um peso.

Mais dez minutos de caminhada e a mata fechada ficou para trás. Avistei casas e um ou outro sujeito perdido pela noite. Já cantava vitória quando, subitamente, alguém me agarrou pelo braço.

Virei-me e vi quatro pescadores locais. Eles nutriam um verdadeiro ódio pelos fugitivos, pois muitos deles incluíam seus barcos, com os quais ganhavam seu sustento, nos planos de fuga.

Perguntaram quem eu era. Admiti ser um fugitivo, mas disse que fora preso ao tentar ajudar meu filho — ele sim, um criminoso — a fugir da cadeia. Achei que, inventando isso, eles seriam solidários comigo, e o fato de eu ser tudo menos jovem ajudaria para que não me vissem como um típico marginal. Após instantes em silêncio, o pescador que segurava meu braço decidiu me soltar e disse que não me entregariam, desde que eu deixasse seus barcos intactos. Agradeci, prometi e sumi.

Começou a chover forte, mas mantive o passo firme. E eis que encontro Prado aguardando-me na lancha. Logo sumimos dali. Sua sorte foi que, depois do susto que passei com os pescadores, a minha raiva abrandou-se.

A chuva já era tempestade e nada indicava que fosse passar. Prado sugeriu esperarmos um pouco antes da partida, pois seria arriscado enfrentar o mar naquelas condições, mas ele mesmo lembrou que eu não podia perder tempo. Decidimos encarar a fúria do mar. Eu, pela minha liberdade. Prado, pela grana preta que eu prometera a ele. De onde viria esta grana? Depois eu pensaria nisso.

Mal sabia eu que essa questão se resolveria uma hora depois, da pior forma possível. A lancha ameaçava virar a qualquer momento, tão intensa era a força das águas. Foi o que aconteceu realmente e, a despeito das orações de Prado, fomos jogados ao mar. Consegui agarrar-me à lateral da lancha. Prado, porém, não teve sorte. Uma nova onda forte projetou-o violentamente contra as pedras, matando meu companheiro no ato.

Vi o corpo de Prado afundar, sem vida, e nadei na direção das pedras, antes que o mesmo acontecesse comigo. Consegui subir, apesar da superfície escorregadia, e notei estar em uma pequena ilha. Nem tudo estava perdido. Sem opção, corri para uma gruta e pude abrigar-me da chuva.

Só então respirei aliviado. Eu perdera o fôlego desde a morte trágica de Prado. Ao relaxar, minhas pernas tremiam. Eu estava tenso, mas tinha que pensar em minha estada forçada naquela ilha. Como a chuva não me deixava sair, tirei a roupa encharcada e, apesar das péssimas condições, adormeci como que por encanto. O cansaço era maior do que os traumas da noite.

Dormi bem, mas pouco. Acordei subitamente, assustado. Ouvi vozes próximas a travar uma inflamada discussão, como num pesadelo, vindas sabe-se lá de onde. Peguei meu facão e até esqueci que estava nu. A chuva cessara. Aproximei-me da entrada da gruta em alerta, mas nada vi. Quis sair e ver do que se tratava, mas achei prudente permanecer em meu abrigo, com facão em punho e ouvidos atentos.

Passaram-se dez, talvez vinte minutos, e não ouvi

mais qualquer voz. Daí, aventurei-me a sair e observei em volta. Não avistei nada e concluí ter sido mesmo uma impressão. Se fossem policiais, certamente entrariam na gruta ao chegar.

Deitei-me novamente quando já amanhecia. Mal fechei os olhos e ouvi um grito de mulher — de mulher em pânico. Novamente, saí da gruta e nada vi, o que me pareceu estranho. Pela nitidez, o grito viria de alguém a menos de 10 metros de distância.

Percorri as imediações por mais de meia hora, numa busca infrutífera. O céu clareara e eu perdi o sono — sem falar que eu continuava nu ao ar livre, condição incômoda numa ilha que não parecia mais ser tão deserta. Talvez eu me envergonhasse de que fantasmas me vissem pelado. Fantasmas: não posso negar que me ocorreu esta explicação.

Cansado, porém sem sono: assim eu me sentia. Talvez os guardas já dessem por minha falta. Resolvi fazer o reconhecimento do lugar. Minha impressão da noite anterior — a de que a ilha era pequena — mostrou-se correta. Confirmei também que lá não havia praia. Pelas características e pelo pouco tempo de viagem, aquela deveria ser a Ilha de Jorge Grego, da qual ouvira falar no presídio. Só não me contaram o porquê do nome.

Os três dias seguintes não reservaram nada de interessante, a não ser um detalhe: nestas noites, voltei a ouvir as mesmas vozes, nas mesmas horas e na mesma ordem. A mesma discussão e o mesmo grito. Na segunda noite, ainda me coloquei em alerta. Mas, na terceira, nem me dei ao trabalho de abrir os olhos. No mais, foram três dias alimentando-me de frutas e peixes. Por todo esse tempo, não vi ninguém na ilha.

"A felicidade é um intervalo no sofrimento." Eu estava agora longe da parede onde lia todos os dias esta frase, mas ela não saía da minha cabeça. De fato, minha estada na ilha de Jorge Grego era um intervalo no sofrimento do cárcere. Talvez movido pelo tédio que já tomava conta de mim, pensei em gravar essa mesma frase no tronco de uma árvore. Mas logo larguei esta idéia estúpida, pois isso daria uma pista do meu paradeiro. Então, passei a empregar meu tempo em algo mais produtivo, como pensar em uma forma segura de sair dali.

No quarto dia, vi uma das cenas mais curiosas de toda a minha vida. Eu caminhava pelo lado oposto da ilha quando, diante de mim, dois homens discutiam aos berros. Um, caído no chão, com cara de pânico. O outro segurava uma longa espada e um ódio mortal escorria por sua face. Aos seus pés, uma jovem gritava súplicas desesperadas. Assustei-me a ponto de doer no corpo e instintivamente empunhei o facão. Ninguém ali parecia me ver. Em poucos instantes, o homem enfurecido cravou sua espada no peito do rival, matando-o no ato. A moça desesperou-se de vez e gritou histericamente; o mesmo grito que eu ouvia à noite.

Eu ainda tentava compreender tudo, quando aquele espetáculo desfez-se diante de mim e a tranqüilidade e o silêncio da ilha foram restaurados de imediato. Meus olhos descrentes confirmavam que eu era o único morador daquele pedaço de terra cercado de mar por todos os lados. Assombração? Alucinação? Loucura total? Como chamar o que eu acabara de ver?

Mas algo dentro de mim fez-me despertar, como a dar um tapa em minha própria cara. Tinha cabimento eu, que já passara por tantas situações inusitadas, ficar tão admirado com essas visões, como um adolescente que vê pela primeira vez um copo mover-se naquele jogo dos espíritos? Parei para analisar friamente. Não acreditava na explicação simplória de que aqueles seriam fantasmas e lembrei-me logo do que ouvi sobre um fenômeno intrigante.

Segundo estudiosos de paranormalidade, algumas cenas de forte carga emocional para seus protagonistas ficam gravadas no tempo e no espaço, podendo ser vistas por outras pessoas. Esta seria a solução mais plausível para visões comuns em castelos, ruínas e lugares abandonados.

Esta explicação me satisfez e senti-me mais tranqüilo. Aquele fenômeno passou a intrigar-me de tal maneira que até esqueci que era um fugitivo e que, provavelmente, vários policiais estariam em minha busca. Pensei metodicamente e deduzi que, se eu ouvia as mesmas vozes em determinadas horas da noite, então aquela cena se repetiria ali, naquele mesmo lugar, na mesma hora do dia seguinte. Pois, dali a 24 horas, era exatamente naquele local que eu estaria.

Eu não me enganara. 24 horas depois e tudo repetiu-se diante de meus olhos. Nada mais me assustava; era como se eu assistisse a um documentário. Pude então analisar minhas visões com olhos mais atentos. Pelas roupas, o fato teria ocorrido por volta do século XVI. O assassino aparentava uns 50 anos e tinha um porte imponente. A vítima era mais jovem, com cerca de 25, e a moça não tinha mais que 16. Ela implorava para que o homem mais velho não matasse o mais novo. Provavelmente, era ela a causa da briga. Todos tinham traços europeus.

Naquela noite, cheguei a rir com os gritos. Aquilo tudo me fascinava e eu decidira ir a fundo naquele estudo.

O dia seguinte amanheceu chuvoso. Não como a chuva de dias antes, mas era chuva suficiente para surgir-me uma dúvida: será que eu conseguiria ver a cena repetir-se?

Pois a chuva em nada atrapalhou e até tornou minhas visões e suas cores mais claras. Tão nítidas que voltei a me arrepiar, e pude notar dois detalhes que escaparam antes. Primeiro: uma segunda moça assistia a tudo, de longe. Ela aparentava ser mais nova que a primeira e também estava muito assustada. Segundo: o homem que cravava a espada em seu rival usava no pescoço um medalhão que, caso meus olhos ainda fossem confiáveis, era todo de ouro.

Aquilo ficava cada vez mais interessante. Analisei friamente estes novos dados. Ou os sobreviventes, prova-

velmente náufragos, conseguiram sair da ilha e levaram seus pertences, ou viveram lá até o fim de seus dias. Se a segunda hipótese se confirmasse, o medalhão ainda estaria por lá, escondido em algum canto.

Só então resolvi percorrer toda a ilha. Encontrei indícios de construção feita por mãos humanas. Passei, assim, a vasculhar no interior das grutas.

A procura de um dia inteiro trouxe resultados. Na entrada de uma delas, vi uma ossada quase oculta sob a terra. Esta poderia ser a gruta escolhida pelos náufragos. Em seu interior, havia uma passagem bem estreita. Como eu emagrecera por causa da comida do presídio, consegui entrar lá, não sem um certo esforço. Desci por um pequeno caminho e logo deparei-me com uma ampla e bela caverna, muito convidativa para um náufrago se abrigar, descontando a entrada desconfortável.

Maior que minha sede por riquezas é minha fome por conhecimento e logo encontrei algo que me fez esquecer por um tempo o medalhão: um livro manuscrito, que vi tratar-se de um diário.

Eram diversas páginas com uma escrita arcaica e passei a tarde lendo-as. Nelas, minhas suspeitas eram confirmadas. Toda a história se esclarecia ali. O nome da ilha estava explicado.

O resumo da ópera é: de um naufrágio no século XVI, só sobreviveram o pirata Jorge Grego, suas duas filhas pequenas e um marinheiro. Os quatro viveram durante anos nesta ilha. As filhas do pirata cresceram e tornaram-

se mulheres, mas o lado tirânico do pai não abrandou. Por todo esse tempo, o marinheiro foi feito de escravo, subjugado por Jorge Grego.

Mesmo assim, o marinheiro e uma das filhas do pirata se apaixonaram e viveram um romance, escondidos do tirano. Uma tentativa ingênua, pois manter um romance secreto numa ilhota com quatro habitantes é algo praticamente impossível. Jorge Grego logo descobriu tudo e enlouqueceu de cólera. Sem dar chance ao marinheiro, matou-o covardemente com sua espada, a despeito dos clamores da filha. Esta fora a cena reprisada várias vezes diante dos meus olhos.

Deste então, os três viveram isolados na ilha, mas Jorge Grego não se arrependeu de seu gesto. Tornou-se um tirano com suas próprias filhas. Diante de tantos disparates, a Justiça Divina se manifestou com uma tempestade violentíssima que matou as garotas e destruiu também todas as plantações da ilha. Jorge Grego, enlouquecido de vez, vagou solitário até morrer de fome.

Lenda? Não, eu assistia a essa cena com meus próprios olhos, ao vivo, via satélite, diretamente do século XVI.

Não demorei nem cinco minutos para achar o medalhão. Estava caído, próximo ao livro. Pela análise feita a olho nu, ele me pareceu ser mesmo de ouro. Talvez o seu valor não mudasse a minha vida, mas com certeza a tornaria mais tranqüila nos próximos anos, nos quais eu viveria como fugitivo ao redor do mundo.

Duas semanas depois, eu me despedia de todos. Partia, enfim, em uma pequena embarcação construída com bambu. Assim que pisei em terra firme, após essa perigosa jornada, tratei de sumir. Viajei a cantos do planeta que sequer existem nos mapas. Um ano depois, meu advogado conseguiu anular a condenação, graças à minha idade avançada.

capítulo 13

A ponte de madeira e cordas passa sobre um altíssimo penhasco. Nem Muzinga, nem Caio, estão convictos de ser este o caminho certo, mas nem por isso eles se intimidam.

— A verdade é que não tenho a menor idéia de onde estamos — observa Muzinga.

Caio testa a firmeza da ponte, pisando-a com o pé esquerdo.

— Uma coisa é certa — comenta o rapaz. — O capitão ordenou que o navio seguisse a rota indicada por Mayu. Nós saltamos antes do ponto final, mas seguimos para a direção certa.

Eles atravessam a ponte. Em outros tempos, Caio teria vertigens estonteantes, mas depois do que enfrentou nos últimos dias, toda aquela altura lhe dá apenas um frio na barriga.

— Acha que estamos mais perto do que pensávamos? — pergunta o velho.

— Nesses 199 anos de vida, você não desenvolveu sua intuição?

— Desenvolvi — responde Muzinga.

— Pois o que ela diz agora?

— Que eu devia ter dado uma banana a Lázaro e ficado em casa, vendo novela.

Muzinga está pessimista e Caio também acha que a situação está feia, mas não se arrepende de encarar tal jornada e não culpará Muzinga caso algo lhe aconteça. Mesmo que jamais volte para casa, ou mesmo que morra naquelas profundezas, Caio faria tudo de novo. Mais do que nunca, ele sente-se vivo. É um aventureiro e só agora sabe disso. Da mesma forma que superam a ponte, chegando ilesos ao outro lado, o jovem supera seus limites à medida que avança mais e mais por este mundo oculto.

Muzinga e Caio chegam à entrada de um vale. A caminhada segue tranqüila, até que Caio se aproxima de Muzinga e, sem virar o rosto, sussurra próximo ao seu ouvido:

— Continue andando e não vire para trás.

Muzinga se alarma com o que ouve.

— O que foi? Viu algo estranho?

— Aqueles bandidos que tentaram nos assaltar... Estão atrás de nós. Pelo jeito, querem vingança.

— O quê? — grita Muzinga.

— Não deixe que percebam que nós sabemos deles. Ganhemos tempo até pensarmos numa forma de reagir — diz Caio, mantendo a frieza e o autocontrole.

— Não podemos esperar que nos ataquem!

Muzinga, agilmente, joga-se para escanteio. Antes de chegar ao chão, agarra uma pedra e gira o corpo no ar. Cai de frente para a quadrilha em posição de reagir. Com rapidez, atira a pedra com força, na direção dos bandidos.

— Mas... Onde eles estão?

Por alguns instantes, Muzinga fica confuso. Continua alarmado, mas não vê ninguém além deles dois. Olha na direção de Caio, para saber se o garoto está bem.

Bem até demais, ele constata. Caio está às gargalhadas.

— Quer explicar o que se passa, fedelho?

— Lembra da cobra que ia me picar, na subida da Pedra da Gávea? Pois esse foi o seu troco! Ah, ah, ah!

Caio leva um tapão na nuca e pára de rir na mesma hora.

— Ei! Com que direito você me esbofeteia?

— O que você tem nessa cabeça, pedaço de cruz-credo? — resmunga Muzinga, soltando fumaça pelas orelhas. — Acha que isso teve graça?

— Ah, mas quando a brincadeira foi comigo, você riu um bocado!

— Ora, você ainda é um menino, enquanto eu sou um senhor de idade!

— Sei — resmunga Caio. — Quando lhe interessa, você é um velhinho frágil, né?

Sobem a trilha, ambos de cara amarrada. Ao menos, nos dez minutos seguintes.

Muzinga interrompe o silêncio desconfortável e aponta para uma muralha inacabada. Caio nota que a muralha revela algo ao tataravô.

— Isto foi construído pelos incas. Ou por seus descendentes.

— Como sabe? — pergunta Caio, surpreso. — Não há qualquer inscrição ou gravura...

— Inscrição não pode mesmo haver, pois os incas não tinham linguagem escrita. Seus registros eram feitos por meio de nós e laços em cordinhas chamadas de quipuas, um código diferente dos nossos, muito eficiente para suas necessidades.

— Então, como sabe que esse muro pertence à cultura inca?

— Ele é formado por blocos enormes, cada um de um formato diferente. E, aparentemente, não há uma argamassa unindo-os. Os blocos foram apenas encaixados, o que é típico da arquitetura daquele povo.

— Então — conclui Caio, animado com o que ouve —, estamos no caminho certo. A cidade de Miz Tli Tlan, assim como Ibez, ficaria nas imediações, se Baquaqua e Mayu disseram a verdade.

— E daí? — questiona Muzinga. — Não temos qualquer outra referência de Ibez além da proximidade com Miz Tli Tlan e não faço idéia da direção que devemos seguir agora.

— Basta entrarmos em Miz Tli Tlan e perguntarmos sobre Ibez.

— Ficou maluco, fedelho? Não sabemos nada da índole desse povo. Eles podem ser hostis com invasores desconhecidos e sabe-se lá o que fariam conosco.

— Você se esquece de um dado importante. Mayu está perdida e sua vida pode estar em risco.

— Ela sabe se virar — afirma Muzinga.

— Se soubesse, velho teimoso, não esperaria oito meses no quilombo até que alguém a trouxesse para casa!

— Não arriscarei nossas vidas dessa forma idiota. Estou certo de que ela já está em segurança com seu povo em Miz Tli Tlan, assim como estou certo de que correremos riscos caso entremos lá.

— Claro. Afinal, é cômodo para você pensar assim, não é? — diz Caio, com sarcasmo.

Muzinga o fuzila com os olhos.

— É assim que você quer? Pois bem, você venceu. Mesmo que isso signifique a nossa morte, ninguém dirá que sou acomodado.

Antes mesmo de entrarem em Miz Tli Tlan, a cerca de cinco quilômetros dali, Muzinga e Caio cruzam por alguns passantes, trabalhadores rurais e crianças que brincam ao longo da subida da trilha. Todos com traços semelhantes aos de Mayu, incluindo o mesmo tom claro de pele. Suas vestes também indicam um passado inca. Por onde a dupla passa, os nativos param suas atividades e observam curiosos aqueles estranhos andarilhos.

Caio não dá bola para o pessimismo do tataravô.

— Qual será a língua desse povo? Acha que consegue se comunicar com eles?

— Talvez falem o quíchua, o idioma dos incas. Ainda hoje é uma das línguas faladas no Peru, Bolívia, Equador e Argentina.

Muzinga e Caio avistam algumas lhamas, animais antigamente usados pelos incas para transporte de carga. Mais uma pista de que o caminho para Miz Tli Tlan é mesmo aquele.

A partir de um ponto, a subida de terra dá lugar a uma longa escadaria de pedras.

Após o último degrau, os dois têm uma visão abrangente da cidade de Miz Tli Tlan, construída em um vale não muito largo. Do alto do mirante onde se encontram, é possível distinguir a praça central e o anfiteatro, reparar nos canais, aquedutos e cascatas esculpidos na rocha e visualizar pontes suspensas, rampas e escadarias. Há também três pirâmides, cujo formato em degraus distingue as pirâmides incas das egípcias. As casas são dispostas em ruas que irradiam a partir da praça central e são organizadas com equilíbrio. Assemelhando-se à muralha inacabada que Muzinga vira, as construções mais majestosas são formadas por pedras talhadas, algumas com mais de dois metros de altura.

Muzinga já esteve nas ruínas das principais cidades incas e reconhece que Miz Tli Tlan se assemelha bastante a elas. Não é igual, porém. O povo local é descendente dos incas, mas passou a ter personalidade própria nestes quatro ou cinco séculos de existência autônoma. Isso inquieta Muzinga. Pode ser que o quíchua falado naquele lugar tenha sofrido mudanças ou até mesmo originado uma nova língua. Se isso se confirmar, a situação deles se complica ainda mais, pois não poderão identificar-se como amigos de Mayu, talvez seu único trunfo.

Caio deslumbra-se mais que Muzinga. O velho fica admirado ao encontrar um povo que jamais figurara nas enciclopédias, mas ele está tenso. Sua intuição grita que eles devem sumir dali.

O furor que causam entre o povo local é enorme. Uns riem, outros ficam boquiabertos, apavorados ao verem dois estranhos que vestem roupas estranhas e têm uma cor de pele mais estranha ainda. Caio, a essa altura, já está arrependido até o último fio de cabelo.

Três soldados se aproximam.

— Quem são vocês? — pergunta o soldado mais baixo. Muzinga fica aliviado por conseguir entendê-lo.

— Somos viajantes — ele diz, em quíchua. — Viemos alertá-los sobre o sumiço de Mayu, uma garota de seu povo.

Os três entreolham-se. Muzinga não sabe se estão surpresos por ele falar seu idioma ou se aquela reação é um sinal de que eles conhecem Mayu. Mesmo assim, continua:

— Nós a escoltávamos em seu regresso, quando ela se perdeu. Talvez sua vida esteja em perigo e achamos por bem avisá-los.

Os soldados cochicham entre si. Muzinga e Caio suam frio.

— Venham conosco — diz o soldado em tom hostil.

São conduzidos a uma grande construção, no centro de uma praça. Em sua entrada, outros soldados em alerta olham com espanto para aquelas duas figuras pitorescas. De repente, eles notam que não são mais o foco das atenções. Todos — soldados e curiosos — voltam-se na direção do grande portal à sua frente.

Por alguns instantes, o silêncio é geral. Caio apavora-se sem ter idéia do que está para acontecer. Muzinga também está apreensivo, mas sabe se dominar bem em situações críticas. Mais uns instantes e, através do portal, surge o Inca, o soberano de Miz Tli Tlan.

— Não entendo nada — cochicha Muzinga ao garoto. — A cidade parou por nossa causa!... Será que tratam assim a todos os visitantes?

O Inca coloca-se diante dos dois, ainda dominados por soldados. Olha-os com cara de poucos amigos e nada diz. Muzinga sente um arrepio. Não sabe explicar, mas parece-lhe que o Inca já esperava sua chegada à cidade.

— Que venha a garota — ordena o Inca.

— Que acha que vai acontecer? — pergunta Caio.

— Eu acho que você perceberá a roubada em que nos enfiou — responde o velho.

Um silêncio angustiante dura até uma figura conhecida aparecer diante deles.

— É Mayu! — exclama Caio.

Os dois sentem um alívio enorme não só por vê-la viva, mas por haver ali alguém conhecido.

— Tudo bem com você, Mayu? — pergunta Muzinga, ao percebê-la séria demais.

Mayu não sorri. Nem sequer se dirige aos dois.

— Mayu? — tenta Caio. — O que houve?

— São estes os feiticeiros sobre os quais você nos alertou? — pergunta o Inca.

— Eles mesmos — responde a garota.

Caio não entende uma palavra de quíchua.

— O que eles estão falando? — ele pergunta.

— Que estamos lascados! — responde o velho, arrependendo-se por não ter ouvido sua intuição.

O Inca dá três passos na direção da dupla.

— Vocês serão presos e executados depois de amanhã, após retornarmos das comemorações do Dia Sagrado. Serão jogados do alto do penhasco, sem direito a clemência.

Caio sorri para o tataravô.

— Não entendo nada do que ele diz, mas parece que ele gostou da gente... Acertei?

Muzinga não responde. Os soldados rendem os dois.

— Levem-nos daqui — ordena o soberano.

capítulo 14

Dois dias! Dois dias! Em dois dias, serão jogados do penhasco!
Esses pensamentos gritam na cabeça de Caio. O jovem tem uma enorme dificuldade em assimilar que, dali a dois dias, será jogado para a morte. Treze anos de idade e a morte já lhe sorri. Mas, caramba! Caio não consegue aceitar isso. Tanta coisa a ser vivida, tantas experiências pelas quais ainda quer passar! Imagine, morrer sem nunca ter beijado uma garota na boca, sem nunca dirigir um carro, sem nunca... sem nunca tantas coisas! Isso não pode acontecer. Definitivamente, não.

— Sou eu quem lhe devo desculpas, fedelho. Afinal, só está aqui porque pedi sua ajuda para resgatar Lázaro.

Caio não responde. Sua mente está em parafuso e ele sequer escuta o que Muzinga diz.

Aos poucos, volta a si. Mas a lucidez só faz com que a angústia aumente. Caio olha à sua volta. É uma cela pequena, não muito escura. Há uma janela com grades que os separa da liberdade. Caio espia por ela e percebe que estão em um ponto mais alto, talvez no topo de uma torre. Lá de cima vê o movimento da cidade, com seus habitantes indo e vindo, lhamas a carregar produtos e comidas, crianças brincando e... Ora, que importa? "Eles que se explodam", pensa o garoto, nervoso. Caio se afasta da janela, mas não consegue ignorar os sons e barulhos provindos deste povo que continua a existir, desafiando seu rancor.

Vira-se para a porta e nota uma pequena fresta, por onde entram os alimentos. Vê um soldado de plantão, cuidando para que eles não fujam. Muzinga tenta puxar assunto com o guarda, numa tentativa desesperada de que algum milagre aconteça.

— Chegue mais perto, amigo — diz, testando sua fluência na língua quíchua. — Quero conversar com você.

— Não posso conversar com presos. São as ordens que recebo — diz o soldado, num tom seco e distante.

— Eu não mordo. Só quero lhe fazer umas perguntas...

O soldado, porém, nada diz. O silêncio perdura até Muzinga desistir. A essa altura, sua persistência está um tanto quanto minada.

Cada hora parece um ano e parece um segundo. A apenas dois dias da morte, todos os parâmetros de tempo se confundem e perdem seu valor. As horas passam e demora bastante até que Caio consiga dormir. Com

Muzinga, não é diferente. O velho apenas finge melhor. Neste clima sombrio, chegam ao dia seguinte.

— Vem cá, você notou uma coisa curiosa? — pergunta Caio, ao terminar a primeira refeição deste novo dia de cativeiro.
— O que ainda pode ser curioso a essa altura? — pergunta Muzinga.
— Preste atenção. Consegue ouvir?
— Não ouço nada.
— Pois é isso mesmo — explica Caio. — Também não escuto nada. Se você olhar pela janela, descobrirá o porquê.

Muzinga fica intrigado e vai até a janela, conferir.
— Não há uma viva alma nessa cidade — observa o velho. — Ao menos, é o que parece, no nosso ângulo de visão!...
— O que o Inca falou sobre o dia de hoje?
— Disse que seremos executados amanhã, pois hoje é o Dia Sagrado. Pelo jeito, as comemorações são longe daqui.

Muzinga ajeita o chapéu, sinal de que está pensativo.
— Esse bostinha aí fora vai me explicar tudo — afirma o mulato, referindo-se ao guarda. Ele se aproxima da pequena abertura na porta que liga a cela ao exterior. — Ei, você! Venha cá, amigo — fala Muzinga, em quíchua.

O soldado nada diz.
— Vamos, eu não mordo! Só quero conversar um pouco. Afinal, só tenho até amanhã para fazer isso...

— Eu já disse que não posso conversar com prisioneiros — diz o soldado, mantendo-se de costas.
— É? Hmmmm... Que pena...
Muzinga abaixa-se e abre sua mochila. Caio olha, surpreso, o "mantimento" que ele tira dali: uma garrafa de cachaça.
— Você disse para trazermos só o essencial! — sussurra o garoto, indignado.
— Ficaria surpreso se eu lhe contasse quantas vezes uma garrafa como essa me tirou de grandes enrascadas!
Muzinga chega novamente à porta e retoma a conversa.
— Não pode falar com os prisioneiros, é?...
O velho traz a boca da garrafa para perto da porta.
— E beber com prisioneiros, pode?
O guarda sente o cheiro daquela bebida desconhecida e fica tentado, mas luta para resistir. Muzinga, percebendo que ele vacila, ousa um pouco mais e passa toda a garrafa pelo vão.
— Tome, amigo, prove apenas um golinho. Ninguém vai saber.

Poucos minutos depois, Caio não acredita no que vê. Aquela garrafa conseguiu converter um soldado rígido, sisudo e austero num perfeito bobo alegre. Com poucos goles, aquele infeliz transformou-se por completo. Muzinga fora certeiro, mais uma vez. O velho malandro sabe como ninguém descobrir e explorar as fraquezas dos adversários. Se antes não falava nada, agora o difícil é fazer o soldado calar a boca. No meio de um monte de besteiras, o sujeito dá informações valiosas.

— Quer dizer que a cidade está vazia? — pergunta o velho.

— Comp... completamente!... Rê, rê... Todo ano, no Dia Sagrado, o p... povo daqui vai até a cidade sagrada... fazer preces... preces... e sacrifícios aos deuses... a quatro horas de cam... caminhada daqui...

"Cidade sagrada"! Muzinga sente que o alvo de suas buscas está diante de seu nariz. Perto, mas inatingível enquanto continuarem presos.

— Mas o que estamos esperando? Nós também devemos saudar os deuses ou eles se ofenderão.

O homem fica confuso. Tenta raciocinar, mas não consegue. Dá outros três goles.

— V... v... você acha?... — pergunta, mal pronunciando as palavras.

— Claro que sim! Abra esta porta e vamos ao encontro dos outros. O Inca ficará bravo se não aparecermos por lá! — diz Muzinga, confundindo-o ainda mais.

— Então... ff... v... vamos...

Caio esfrega os olhos, como quem vê uma alucinação. O soldado abre a porta, convidando-os a sair da cela. Muzinga dá um sorriso cínico e uma olhadinha de cumplicidade ao tataratataneto.

— Dê-me isso — diz Muzinga ao soldado, tirando-lhe a lança de sua mão. — Deixe essa coisa aqui. Não precisaremos de armas, não é?

— Hã... sim... não...

Fora da torre, tanto Caio quanto Muzinga lamentam não poder explorar aquela cidade desconhecida. Sua beleza rústica fica acentuada pela ausência de pessoas em suas ruas. São eles três e mais ninguém.

— Há quanto tempo o povo partiu daqui? — pergunta o velho ao pinguço das profundezas.

— F... Faz duas horas... Chegam lá em mais duas h... horas... A ce...rimônia dura umas... umas... umas duas horas...

— Quatro horas de ida, duas de culto e quatro de volta — calcula Muzinga, em português. — Talvez a festa já tenha acabado quando chegarmos lá.

— Com isso, corremos risco de encontrá-los no caminho, já em seu retorno — alerta Caio.

— Nós nos afastaremos o suficiente para que percam o nosso rastro. Precisamos calcular bem o momento certo de entrar na cidade. Tem que ser depois de eles se afastarem de Ibez, mas antes que venham à nossa caça.

O soldado anda na frente e Muzinga e Caio o seguem. Ele conhece o caminho até a cidade atlante e, sem notar, banca o guia turístico e conduz os forasteiros até sua entrada. Muzinga não pára de conversar com ele por um instante sequer. Fala sem parar para confundi-lo ainda mais. O soldado, por sua vez, colabora com um gole atrás do outro.

— Isso aí, campeão! Manda ver! — exclama Muzinga, incentivando o beberrão.

Com quarenta minutos de viagem, a garrafa está

quase vazia. O soldado mal se agüenta de pé e Muzinga percebe que sua utilidade chegou ao fim. Do jeito que está, talvez nem indique mais o caminho certo.

— Ficaremos melhor seguindo sozinhos — diz, alertando o tataurataneto. — Assim, poderemos andar mais rápido e em silêncio.

— O que fazemos com este infeliz? — questiona Caio.

— Não precisamos fazer nada. Ele já foi derrotado.

Muzinga e Caio afastam-se do soldado e seguem adiante. Em tal estado, o pinguço não tem mais noção de onde está ou para onde vai. Sem a referência de Muzinga, ele pára e dança sozinho, aos pulos e gargalhadas. Os dois fugitivos não ficam para assistir ao espetáculo.

— Assim que ficar sóbrio, ele pode querer nos recapturar, não acha? — pergunta Caio. — Ou então, voltará para Miz Tli Tlan e dará o alarme da nossa fuga, quando o povo retornar. O que seria pior para nós?

— Sua reação é imprevisível. Lembre-se de que ele será responsabilizado pela nossa fuga e pode mesmo ser morto no nosso lugar.

Caio fica pálido ao imaginar que aquela figura patética, que pula e ri sozinho, pode ser executado no dia seguinte, por causa deles.

— Ei, não me venha com crises de remorso, faça-me o favor! — adverte Muzinga, em tom de bronca. — Nós não tivemos escolha. Além do que, o mais provável é que ele vá para bem longe e suma de vez. Assim, não sofrerá as conseqüências de sua fraqueza.

Caio nada diz.

— Se aquele ébrio das profundezas calculou bem os horários, o povo de Miz Tli Tlan tem duas horas de dianteira e chegará à cidade em uma hora. Claro que, em se tratando da marcha de um povo inteiro, haverá retardatários e haverá aqueles mais adiantados. Mas tomaremos esse cronograma como uma média.

Muzinga calcula em silêncio e continua.

— Vamos andar por mais duas horas. Então, nos esconderemos a uma hora da cidade, bem no meio da cerimônia. Mais duas horas e eles passam por nosso esconderijo, já na volta. Aguardamos mais uma hora e seguimos para Ibez. Se tudo correr bem, pisaremos lá daqui a seis horas.

— Você mesmo observou que esse cálculo não é preciso — lembra Caio. — Temos que andar bem atentos. No caso de avistarmos alguém, devemos nos esconder imediatamente.

— Pois então falemos só o essencial. Quanto mais silêncio fizermos, melhor. Combinado?

Caio nada diz.

— Ei, eu fiz uma pergunta! — queixa-se Muzinga.

— Não é para fazer silêncio? — resmunga Caio. — Pois estou seguindo o seu conselho!

— Opa! Tem razão, desculpe...

Durante a andança que se segue, os ventos lhes são favoráveis. Nada de significativo acontece e, do jeito que tem sido até então, não acontecer nada por duas horas é um verdadeiro milagre.

Eles seguem à risca o pacto de silêncio e nenhuma conversa tem vez. Por algumas ocasiões, receiam ouvir vozes, mas são apenas impressões. Seguem pela estrada de terra sem cruzar com vivalma.

Ao completarem três horas de caminhada, interrompem a marcha. Há um morro à esquerda e Muzinga sugere que subam por ele. A subida é cansativa, mas Caio não se queixa. Sente as pernas doloridas e isso é um indício de que está vivo. Fosse um espinho encravado na sola do pé, mesmo assim ele sorriria com a dor. Depois de ver-se despencando do alto de um precipício, a idéia de estar vivo, por si só, é algo imensamente reconfortante.

O alto do morro revela-se um ótimo esconderijo. Além da distância da estrada, o mato e as árvores serão suficientes para escondê-los da multidão que, logo mais, quebrará o sossego. O ponto elevado oferece-lhes uma visão privilegiada de toda a área. Assim, podem acompanhar a movimentação.

Qual não é a surpresa de Muzinga ao avistar, dali a oito minutos, um grande grupo de pessoas surgindo na estrada, seguindo o caminho de volta? Velho e jovem olham espantados e logo confirmam que é mesmo o povo de Miz Tli Tlan em regresso de seu culto, na cidade de Ibez.

— As informações que aquele bebum nos deu estavam erradas! — sussurra Muzinga. — Mais uns passos e daríamos de cara com eles!

— Então estamos quase na entrada de Ibez — conclui Caio. O velho mulato lhe dá razão.

capítulo 15

É cada vez mais difícil aos dois ver o caminho que tomam. Um denso nevoeiro cobre a região e Muzinga e Caio andam por vinte minutos praticamente às cegas. Sua marcha é lenta e perigosa. Caso surja um barranco em seu caminho, só o perceberão a poucos centímetros da morte. Se um batalhão de incas vier em sua direção, eles vão notá-lo quando for tarde demais para fugir.

— Cuidado! — grita Muzinga, alarmado.

— O que foi? — pergunta Caio.

— Desculpe, achei que fosse uma cobra, mas é apenas a raiz de uma árvore.

Muzinga pega o tataataraneto pelo pulso.

— Andemos unidos ou nos perderemos um do outro — adverte.

— Talvez devêssemos parar e esperar o nevoeiro se diluir.

— Em outra ocasião, eu concordaria com você,

Caio. Mas não podemos nos arriscar a sermos pegos novamente pelos soldados de Miz Tli Tlan. Não há escolha; temos que prosseguir em total silêncio. Assim, a falta de visibilidade pode ser uma aliada, caso alguém se aproxime.

A dica vem na hora certa. Caio sinaliza com a mão para Muzinga parar.

— O que foi? — pergunta o velho, esquecendo-se de seu próprio conselho. Caio tapa sua boca.

Os dois olham para a frente, sem saber exatamente o que observam. Muzinga não nota nada de alarmante. Por alguns instantes, Caio fica na dúvida se viu mesmo algo se mexer ou foi apenas uma impressão.

— Pensei ter visto alguém — sussurra Caio, baixinho. — Mas acho que...

Caio volta a se calar abruptamente. O vulto de um homem, desta vez bem nítido, não deixa margem para dúvidas. Muzinga também o enxerga e fica em alerta. Sem alternativa, os dois se encolhem para que não sejam vistos.

O vulto aproxima-se aos poucos de forma lenta. Eis que ele pára e olha na direção dos dois, desconfiado de que alguém se esconde mais à frente. Muzinga e Caio estão apreensivos. O vulto dá mais alguns passos e pára novamente.

— Ele nos viu! — sussurra o velho no ouvido de Caio.

O misterioso homem carrega algo fino e comprido. Ele ergue o objeto e o aponta na direção deles.

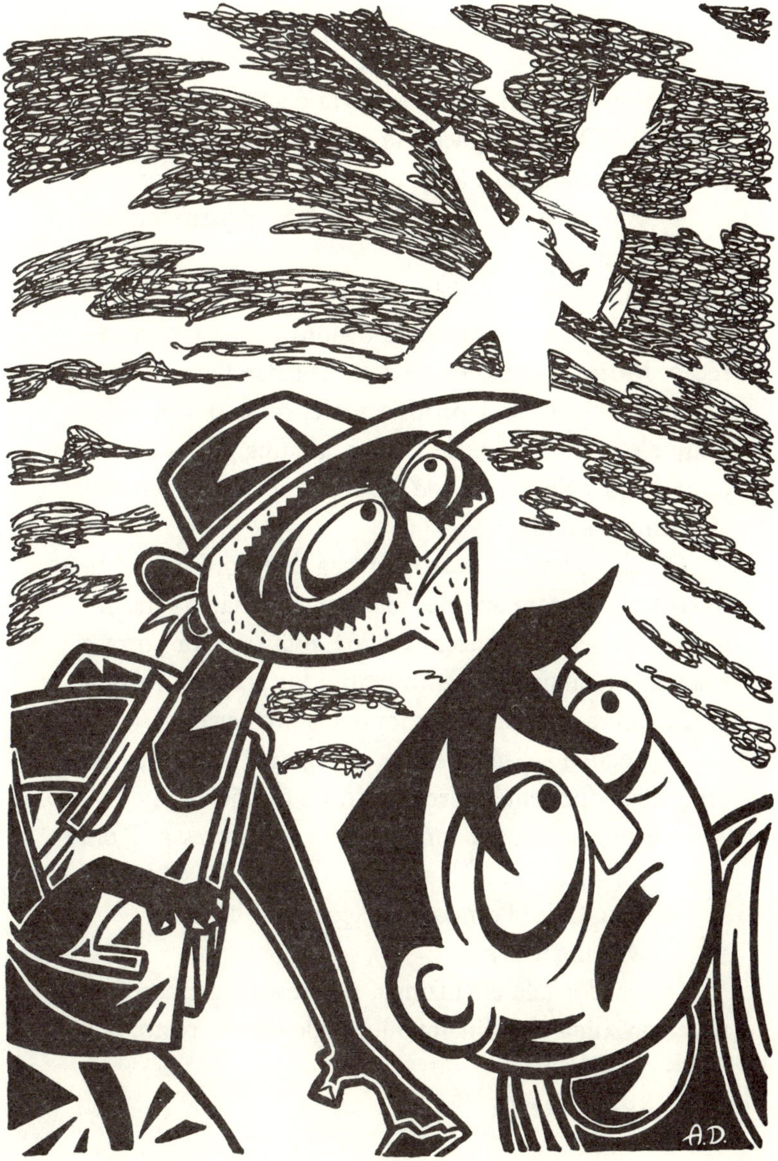
A.D.

— Corra! — grita Muzinga. — Ele está armado!

Muzinga joga-se para o lado, enquanto Caio corre na direção oposta. Um estrondo corta o silêncio. Um tiro, dois tiros! O velho agacha-se atrás de uma árvore e já não vê o tatataraneto. Mais um tiro.

— Pare com isso! — ele grita. — Seja quem for, nós somos de paz!

Um novo disparo e Muzinga vê que não adianta dialogar. Encolhe-se ainda mais e o vulto avança em sua direção. Muzinga pensa em correr, mas não tem coragem de abandonar Caio à própria sorte, mesmo sem saber onde ele está. O som de uma bala atingindo a árvore atrás da qual ele se esconde faz com que o velho sinta-se ainda mais acuado.

O vulto dá novos passos em sua direção. Está próximo o bastante para que eles se vejam, mas não o suficiente para que se reconheçam. Uma gota de suor corta a testa de Muzinga, enquanto o atirador prepara a espingarda e mira em sua testa para dar o tiro certeiro.

— Peguei! — grita Caio, ao agarrar as pernas do misterioso oponente, derrubando-o no chão.

A espingarda pára longe e Muzinga apressa-se em pegá-la.

— Boa, Caio! Prenda os braços desse canalha!

— Muzinga? É você?

O atirador fala e Muzinga, surpreso, reconhece sua voz. Aproxima-se e, finalmente, pode ver seu rosto.

— Lázaro!

*

A neblina dissipa-se enquanto Muzinga acalma seu velho amigo de aventuras. Lázaro está magro, pálido e assustado. Mesmo assim sorri, pois Muzinga o encontrou. O sujeito deve ter uns 50 anos de idade e é surpreendente que tenha chegado àquele lugar. Bem, seria, se Caio não testemunhasse antes alguém com quatro vezes mais idade repetir a mesma façanha e chegar em melhores condições.

Mesmo sem tempo disponível, os três descansam sentados sobre um tronco caído. Lázaro, mais calmo, agradece o socorro do amigo.

— Você se arriscou por mim e eu nunca me esquecerei disso, Muzinga.

— Agradeça também a Caio, meu tataratraneto. Sem ele, eu jamais chegaria a você.

— Não vamos comemorar ainda — diz Caio. — Eu só farei isso quando puder dormir novamente na minha cama.

— O que aconteceu com sua expedição? — pergunta Muzinga.

— Um bando de vinte homens nos atacou. Vieram a cavalo empunhando espadas e exigiram nossos pertences em uma língua estranha. Pensaram que carregávamos objetos de valor. Mas não encontraram em nossas mochilas nada de seu interesse. Talvez por vingança, resolveram matar a todos nós. Consegui penetrar na mata e escapei por milagre. Nunca corri tanto na minha vida.

— E quanto aos outros? — pergunta Caio.

— Voltei ao local horas depois. Estavam todos ali, sem exceção. Mortos a golpes de espada. Só eu sobrevivi.

Um silêncio mostra que aquelas palavras sofridas marcaram a alma dos três.

Muzinga conta a Lázaro sobre os descendentes dos incas e Lázaro diz que não cruzou com este povo. Confessa que vaga há dois dias sem a menor idéia de sua localização.

— Então, você não encontrou a cidade de Ibez? — pergunta Muzinga.

— E quem ainda está interessado nisso, véio? — interrompe Caio. — A nossa única preocupação agora é voltar para casa.

— A dois passos de descobrir Ibez? Só se eu estivesse ruim da cabeça.

Muzinga parece determinado e *é* isso que assusta Caio e Lázaro.

— Pelo jeito você está *péssimo* da cabeça! — grita Caio. — Já se esqueceu que logo, logo, os soldados de Miz Tli Tlan estarão aqui atrás de nós?

— O garoto tem razão — diz Lázaro. — Eu, que vim determinado a encontrar a cidade, agora contento-me em voltar vivo para casa.

— Vocês são os doidos aqui. Querem jogar fora essa chance única? Raios, estamos às portas de uma descoberta incrível e temos ainda algum tempo. Não poderemos explorar a cidade como gostaríamos, mas faço questão de ao menos vê-la com meus próprios olhos!

Caio e Lázaro se entreolham.

— Se vocês não vêm — continua o velho —, eu prossigo sozinho.

Eles sabem que Muzinga é mesmo capaz disso. Sendo assim, a marcha continua. A principal meta foi atingida: encontrar Lázaro. As duas restantes — descobrir Ibez e voltar para casa — dependerão, mais do que tudo, daquilo que foi essencial até então: sorte.

capítulo 16

O trio de aventureiros anda às cegas, pois eles não sabem para onde se dirigem. Tudo leva a crer que a cidade de Ibez fique perto de onde estão. Mas onde, exatamente? Caio e Lázaro seguem Muzinga, que parece seguro do rumo que toma. Mas é só encenação. O velho está tão perdido quanto eles e não quer demonstrar. Acha que isso os deixaria ainda mais hesitantes e faria com que desistissem da busca pela cidade.

Quinze minutos às cegas são suficientes para que Muzinga vacile. Em outra ocasião, não se importaria em procurar a cidade por meses a fio, mas a situação atual é outra. Eles são fugitivos e sentem-se mais acuados à medida que o tempo passa. Diante de uma cascata, o velho pára. Quer pensar e planejar seus próximos passos. Caso eles continuem a andar como baratas tontas, Caio está decidido a dar-lhe um ultimato, forçando-o a tomar o caminho de casa.

Muzinga olha para a cascata. Ela lhe quer dizer algo, mas o velho não sabe exatamente o quê. Não consegue, porém, desligar-se da imagem das águas caindo. Algo do fundo de suas memórias quer saltar para fora. Questiona-se: teria algo a ver com a localização de Ibez?

De repente, um estalo.

— É isso!!

— Isso o quê? — questiona Caio.

— A entrada da cidade fica por trás desta cascata! — afirma Muzinga.

— Como sabe disso? — indaga-lhe Lázaro.

— Eu ouvi sons de queda-d'água quando fui projetado a Ibez, há mais de noventa anos. Agora tudo faz sentido! Se aquela viagem foi de fato algo mais que uma alucinação, o acesso à cidade está diante de nós.

— Como confirmaremos o que você diz? — pergunta Caio.

— Molhando-nos — responde Muzinga, caminhando sobre as pedras do riacho.

Lázaro e Caio não conseguem segui-lo e preferem aguardá-lo no seco. Muzinga, com cuidado para não se desequilibrar, entra sob as águas da cascata. Estão geladas e Caio arrepia-se só de pensar em molhar-se todo. Por isso, aguarda para ver se Muzinga encontrará mesmo uma passagem por trás da queda-d'água ou se voltará encharcado e decepcionado.

O velho some sob as águas. Seus dois companheiros de aventura olham para a cascata e não podem mais vê-lo. A ansiedade toma conta de ambos, pois passam-se dois minutos e nada de Muzinga reaparecer.

— Droga, onde ele está? Será que se afogou? — pergunta Caio, apreensivo.

Aguardam mais alguns instantes.

— Chega, não agüento essa tensão — diz o garoto, aflito.

Caio mete seus pés na água do rio e, caminhando entre as pedras, aproxima-se da cascata. Caso Muzinga tenha tropeçado e desacordado ao cair, talvez seja tarde demais para salvá-lo do afogamento. O rapaz sente que errou em aguardar tanto e culpa-se por algo que nem sabe se realmente aconteceu.

Eis que o rosto de Muzinga ressurge, saindo da mesma queda-d'água por onde entrou.

— A cascata esconde a entrada de uma caverna! — diz o velho, enxugando o rosto. — Sigam-me, vejamos se este é o acesso ao lugar que procuramos.

Lázaro é o último a molhar os pés. Os três atravessam a cascata e penetram na caverna.

A expectativa é grande. Percorrem calados o caminho que pode levá-los a mais uma incrível descoberta. As lanternas iluminam seus passos e, a despeito do chão irregular, Muzinga anda cada vez mais rápido, pois a aflição da incerteza domina gradativamente sua alma.

Após cinco minutos de caminhada, a escuridão abranda-se e já é possível ver a tão aguardada luz no fim do túnel. Muzinga dispara a correr, numa atitude que seria mais própria de um garoto de 13 anos de idade.

Caio, também afogado em ansiedade, surpreende-se com a reação do velho. A surpresa não dura muito e ele também corre junto a Muzinga, para terminar de vez o suplício da incerteza. Lázaro sente-se tão esgotado que prefere manter o ritmo das passadas. Nem parece que foi ele quem decidiu arriscar tudo para encontrar Ibez.

Muzinga chega à saída da caverna e pára, perplexo. Caio alcança-o e partilha do espanto do tataravô. Diante deles, as ruínas de uma cidade de mais de 11 mil anos, construída pelo povo do lendário continente da Atlântida. Lendário até aquele momento, pois, perante os dois, há uma prova incontestável de que os atlantes realmente viveram no planeta, muito antes daqueles que acreditamos ser nossos antepassados mais remotos.

Lázaro chega e fica igualmente embasbacado. Os três emocionam-se, mas as razões de cada um são diferentes. Muzinga revê o lugar onde, separado de seu corpo, esteve há mais de noventa anos, numa das aventuras mais fantásticas de toda sua longa vida. Lázaro sente-se recompensado por sua obstinação; por ter confiado no que todos achavam besteira e pela garra que teve ao perseguir o que acreditava. Caio nem pode explicar sua emoção; sabe apenas que é algo muito forte. Um sentimento único e intenso, que dificilmente se repetirá.

A passagem oculta leva-os direto ao interior da cidade, por dentro dos limites da muralha que cerca Ibez. Após refazer-se do choque inicial, Caio dispara a clicar o botão da câmera fotográfica. Quer registrar cada cantinho de Ibez e desespera-se só de imaginar algo escapando de seu registro. Muzinga constata que a cidade a qual Pythia o levara é mesmo aquela e a reconhece nos mínimos detalhes. A muralha de pedra, os canais e barragens, os arranha-céus, os templos... Lázaro avalia o que previu em suas pesquisas e aquilo que acreditava ser diferente.

Em meio a tanto deslumbre, Caio é o primeiro a recobrar a lucidez.

— Essa pode ser uma descoberta importantíssima, mas nossas vidas são mais. É bom que nos apressemos, pois os soldados de Miz Tli Tlan já devem estar perto, procurando por nós!

— Você tem razão — diz Muzinga. — Mas não posso sair daqui sem conferir uma coisa. Sigam-me.

O garoto, assim como Lázaro, surpreende-se pela afinidade que Muzinga mostra ter com aquele lugar. O velho segue apressado por suas ruas como quem sabe exatamente para onde vai, revelando conhecer o caminho como a palma de sua mão. Mesmo que acreditem que ele já esteve ali de alguma forma, o fato não é menos espantoso, pois esta primeira visita teria sido noventa anos antes e durado poucos minutos. O que eles não entendem é que esta experiência marcou tanto Muzinga que ele a revive agora como se tivesse acontecido anteontem.

— Para onde nos leva? — pergunta Caio ao tataravô.

— Vocês logo verão — responde o velho mulato.

Muzinga corre cada vez mais rápido para ganhar tempo e até mesmo Caio tem dificuldades em acompanhá-lo. Ao cruzarem uma larga avenida, Lázaro e o rapaz espantam-se com a visão de uma pirâmide gigantesca, cercada por outras menores. Uma luz esverdeada que envolve estas construções dá ao cenário um ar sobrenatural.

Os dois param diante desta vista, boquiabertos com o que vêem. Mas, ao notarem Muzinga passar direto pelas pirâmides, indiferente a elas, a surpresa é ainda maior.

— Continuem, não podemos perder tempo! — grita ele, como se não houvesse ali nada de interessante a ser visto.

Correm por mais três minutos e Muzinga pára, finalmente. Estão diante do Grande Templo de Ibez e o deslumbramento de todos é ainda maior, tamanha a opulência do palácio sagrado.

— Entrem — ordena Muzinga. — O que procuro está aqui dentro.

No interior do palácio, eles não correm mais. Muzinga está desorientado e tenta situar-se. Caio quer ajudá-lo, mas não faz idéia do que o tatataravô busca. Lázaro admira-se com as paredes enfeitadas por desenhos e símbolos em relevo e orienta Caio para que ele fotografe cada uma destas formas.

Um cheiro forte domina o palácio e Caio sente-se enjoado. Lázaro tem falta de ar, assim como Muzinga.

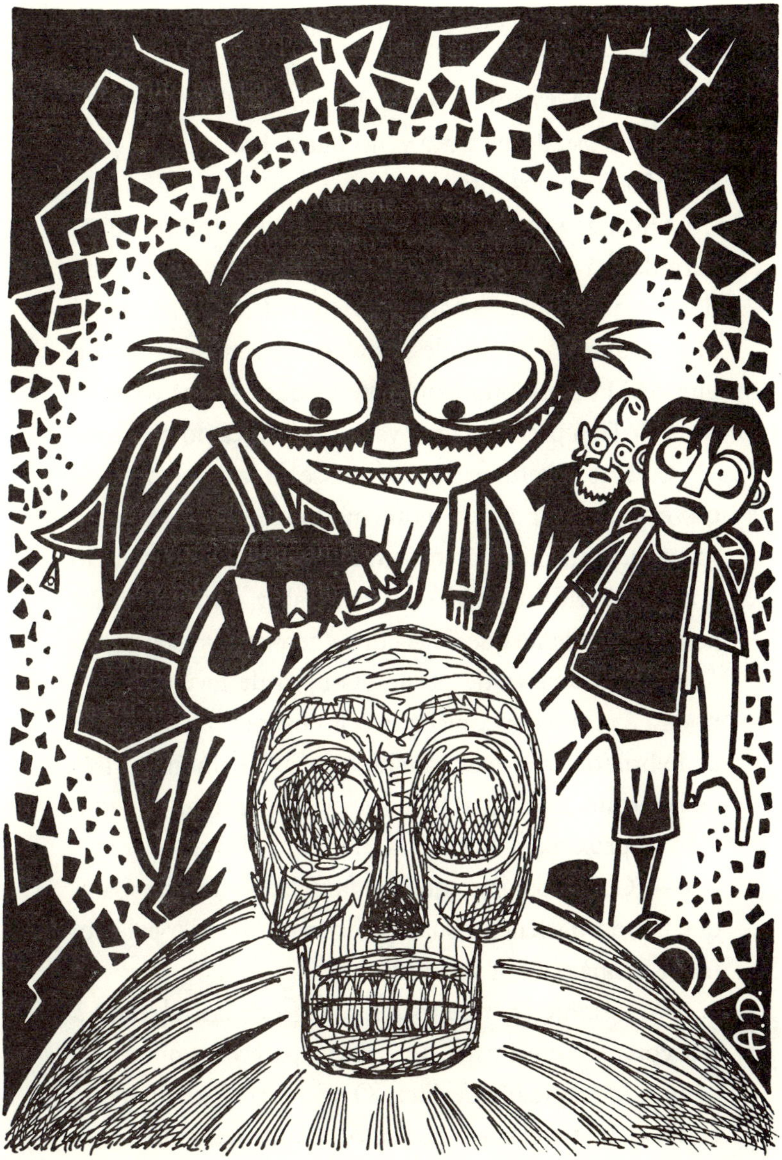
A.D.

Lázaro pega uma camisa reserva, rasga-a em três e distribui os pedaços.

— Molhem com a água do cantil e mantenham o tecido encostado na boca e no nariz. Isso ajudará para que não fiquemos sufocados.

Muzinga segue ao salão principal. De frente para a entrada, há uma arca embutida na parede. Sobre esta, descobre aquilo que tanto procura. Caio arregala os olhos diante da caveira de cristal, quase sem acreditar no que vê. O deslumbramento é tanto que os guerreiros de Miz Tli Tlan parecem uma vaga lembrança do passado.

O velho aventureiro aproxima-se da caveira, intuindo que este pode vir a ser o momento mais incrível de toda a sua vida. Os demais não ousam chegar perto. Esta ocasião é toda de Muzinga. Mesmo sem saber o que significa aquela peça, sente que é nela que encontrará respostas.

Olha a caveira de perto. Assopra de leve e toda a poeira é removida como que por encanto, dando lugar a um brilho de beleza quase hipnótica. Nenhum dos três ousa pronunciar uma sílaba sequer. Muzinga ergue a mão e aproxima-a da caveira, num impulso de tocá-la.

— Cuidado com o que vai fazer!... — adverte Caio, quebrando o silêncio. Sua voz ecoa por todo o palácio, mas Muzinga não se intimida.

No instante em que toca a caveira de cristal, tudo à sua volta se transforma. O palácio parece sumir, assim como toda a cidade de Ibez. O trio fica absolutamente confuso até perceber o que se passa. Ao seu redor, para onde quer que olhem, surgem estrelas, planetas, cometas e constelações. Uma espécie de simulador ou projeção em 3D transporta-os para o infinito do Universo, muito além de onde estão.

Diante de seus olhos, o planeta Terra surge, visto de longe. A imagem se aproxima e logo podem ver as nuvens, oceanos e continentes. Mas a geografia mostrada é diferente da atual. Neste globo terrestre, há um pequeno continente a mais no meio do Oceano Atlântico, onde hoje fica o Estreito de Gibraltar. Este continente é a Atlântida.

A imagem está cada vez mais perto e os três aventureiros sentem-se em território atlante. A princípio, nenhum sinal de civilização ou mesmo de vida humana. Tudo o que vêem é uma grande floresta, com vegetação e animais. Algumas espécies entre as várias mostradas são desconhecidas — talvez espécies extintas com o desaparecimento do continente.

Pouco depois, surgem os primeiros humanos, em um grupo pequeno que sobrevive da caça e da pesca. Andam nus e não conhecem a roda, o fogo ou a escrita. Cenas de seu cotidiano são mostradas e nenhum dos três ousa piscar, para não perder uma cena sequer deste inesperado documentário.

Em um determinado momento, os homens primitivos assustam-se com objetos estranhos que surgem nos céus, vindos em sua direção. Estes objetos de formato arredondado pousam no chão e deles saem homens e mulheres vestindo roupas estranhas e portando objetos mais estranhos ainda.

Os primeiros atlantes assustam-se, mas logo os visitantes do espaço ganham sua confiança. Com eles, aprendem a escrita, descobrem a roda, aprimoram suas técnicas de caça e passam a ter uma organização social mais complexa.

Os anos e séculos passam e a Atlântida evolui, com a ajuda dos extraterrestres. Seis mil anos depois e este povo detém uma tecnologia muito superior à nossa atual. Entre veículos e construções futuristas, os três espectadores têm dificuldades em entender o que surge diante deles; algo como mostrar um avião a alguém do século XII. Nem por isso o deslumbramento é menor.

Não são reveladas apenas as virtudes da sociedade atlante. O progresso tecnológico não foi acompanhado de um progresso ético, algo parecido com o que ocorre hoje. A sociedade atlante é dominada pelo crime e pela corrupção. O dinheiro vale mais que a vida e fica claro que foi isso o que destruiu este povo.

Um grito, porém, interrompe aquela viagem. Da mesma forma repentina com que se viram transportados para a esfera dos astros, Caio, Lázaro e Muzinga retornam ao Grande Palácio de Ibez, diante da caveira de cristal. Tentam assimilar tudo o que aconteceu de fantástico, mas um novo grito faz com que ponham de vez os pés no chão.

— Lá estão eles!

O grito, em quíchua, não é compreendido nem por Caio nem por Lázaro. Mas isso não faz diferença, pois todos ali conhecem aquela voz: é do Inca, que surge no recinto, acompanhado de dezenas de soldados. Em questão de instantes, vêem-se novamente encurralados, diante da morte.

capítulo 17

— Que sejam mortos aqui mesmo — grita o Inca. — Desta vez, não terão chances de escapar!

Muzinga arregala os olhos, preparando-se para o pior. Caio esconde o rosto, apavorado ao imaginar que, em poucos segundos, uma lança atravessará seu corpo e ele cairá morto. Lázaro, por sua vez, é paralisado pelo medo.

Um grito repentino, porém, dá um último fôlego às esperanças do trio.

— Esperem!

Mesmo sem entender o grito em quíchua, Caio surpreende-se ao ver Mayu diante do Inca. Todos olham surpresos para a garota que ousa interferir em uma ordem do soberano.

— O mais velho deles tem 199 anos de vida — denuncia Mayu. — Há um segredo por trás disso, mas ele não o revela a ninguém.

O Inca olha para Muzinga, admirado.

— É verdade o que ela diz? — pergunta ao velho.

Muzinga hesita em responder. Os soldados, em posição de ataque, apontam suas lanças para os três.

— Sim, é verdade — responde Muzinga, finalmente.

— Obrigue-o a revelar seu segredo antes de matá-lo — diz Mayu. — Assim, nobre Inca, serás eterno e governarás por séculos e séculos.

Os olhos de Muzinga voltam a brilhar. Que soberano não sonharia com isso? Quando tudo parecia perdido, ele volta a ter uma carta na manga.

— Então, revele o seu segredo — ordena o Inca, dirigindo-se a Muzinga — e terá uma morte digna.

— Podem matar a nós três — diz o velho —, pois não pretendo lhe dar a chance de viver eternamente.

Todos se espantam com tamanha ousadia. Muzinga blefa ao usar a palavra "eternamente", pois mesmo que revele seu segredo, ele não trará vida eterna a ninguém — longa, sim, mas não eterna. Mas Muzinga é um jogador e suas cartadas são precisas e certeiras.

Os soldados aguardam a ordem do Inca para executá-los. Mas a ordem não vem.

— Que quer em troca? — pergunta o soberano.

Caio e Lázaro acompanham aflitos aquele diálogo do qual não entendem uma palavra sequer.

— Deixe-nos partir — responde Muzinga, com firmeza em sua voz.

— Impossível — afirma o Inca. — Vocês profanaram a cidade sagrada. Não posso deixá-los sair daqui com vida!

— Então, mate-nos — diz Muzinga, com uma falsa tranqüilidade. — Daqui a poucos anos, quando você estiver em seus últimos dias de vida, vai sentir as conseqüências de perder uma oportunidade como esta.

O Inca nada diz e Muzinga continua a encará-lo. A tensão no ar é quase insuportável. Ninguém pode prever qual será o desfecho do impasse. Caio sente que seu coração saltará pela boca.

Por mais que demonstre ter domínio sobre tudo e sobre todos, o Inca também sente-se desconfortável. Está diante da decisão mais difícil de todo o seu reinado. Teme ser enganado, mas sabe que esta oportunidade jamais se repetirá.

— Revele-me seu segredo — propõe o Inca. — Se me convencer de que fala a verdade, vocês estão livres.

Uma luz no fim do túnel! Enfim, uma chance de escaparem com vida! Mas Muzinga não comemora ainda. Não cogita de forma alguma revelar seu segredo. Precisa, então, inventar uma falsa revelação, que soe como verdadeira. Algo surpreendente, que deixe a todos definitivamente impressionados. Talvez assim o soberano cumpra sua palavra. Mas como conseguir isso?

Muzinga quase se desespera. Quase. Até que a lembrança de uma cena recente dá-lhe uma idéia de ouro.

— Está bem. Se prometer cumprir a sua palavra, você terá o meu segredo.

— Minha palavra é lei — diz o Inca. — Revele seu segredo e terão a liberdade. Desde que me convença de que diz a verdade.

— Pois então, olhe.

Muzinga aproxima-se de Caio e sussurra:

— A lanterna!

Caio está confuso e não sabe se ouviu bem.

— Lanterna?

— Dá a lanterna, fedelho!

Caio revira sua mochila sem questionar.

— Vai logo, Caio!

— Não está aqui!

— Veja na minha mochila.

Caio a revira, mas nada da lanterna.

— Vai, fedelho!!

— Achei! Estava no fundo.

Muzinga pega a lanterna e encara o Inca. Todos olham curiosos para aquele objeto estranho. Muzinga estende o braço na direção do soberano, ostentando a lanterna de forma teatral. Olha fundo nos olhos do Inca, sem piscar.

— Não temam o que verão — adverte o velho.

Empunhando a lanterna, Muzinga ergue-a para o alto, como um atleta que ergue a tocha olímpica. Grita palavras soltas em português, para impressioná-los ainda mais.

— Cataclismo! Bicicleta! Micareta!

Caio olha assustado e fica na dúvida se Muzinga sabe o que está fazendo ou se endoidou de vez.

O velho mulato, então, liga a lanterna.
Clic!
Nada.
A luz não acende. Muzinga perde a pose e entra em desespero.

— Essa porcaria não funciona!!
— Devem ser as pilhas — adverte Caio. — Mexa nelas e tente de novo! Às vezes isso resolve.

A multidão assiste àquela cena patética sem entender. Mayu ri. O Inca desconfia. Muzinga abre a base da lanterna e retira as pilhas. Deixa uma cair no chão, mas logo pega-a de volta.

— Mantenha-se calmo, seja lá o que você queira fazer — aconselha Lázaro.

Muzinga ergue novamente a lanterna. Tenta repetir o mesmo grito de antes, mas não se lembra mais que palavras usou.

— Espaguete! Catacumba! Retumbante!
Clic!

O Inca quase cai para trás com o que vê. Da mesma forma, os soldados arregalam os olhos e abrem a boca, num misto de espanto e deslumbramento. Mayu perde a firmeza das pernas e ajoelha-se. Ninguém ali viu até então algo sequer parecido. Um facho de luz, que quase os cega, é disparado para o alto pelo objeto mágico. Para um povo que vive nas profundezas e sequer imagina que algo como a eletricidade exista, aquele raio de luz é quase divino.

Muzinga mantém a lanterna erguida e encara o Inca com olhar de triunfo. O soberano perde de vez sua pompa e engole com os olhos aquela cena impressionante.

O velho dá novos gritos de efeito em português:

— Cotonetes! Elefante! Pindamonhangaba!

A luz se desloca. A lanterna agora aponta para o rosto de Muzinga, iluminando-o. Sua sombra se projeta sobre as paredes do templo, formando uma visão banal para Caio, Lázaro ou qualquer um que já tenha visto uma lâmpada na frente. Mas, para aquela platéia, a sombra de Muzinga ganha vultos assustadores e a luz em seu rosto projeta um tom fantasmagórico às suas feições.

Muzinga desliga a lanterna, repentinamente. Todos continuam a olhá-lo, sem ação. Se o objetivo era impressioná-los, a vitória não poderia ser mais esmagadora.

Muzinga estende a lanterna ao Inca.

— Este objeto e a luz que ele emite são minha fonte de vida. Se você cumprir sua promessa, eles serão seus.

O Inca aproxima-se, impressionado. Esforça-se para não tremer. Mira nos olhos de Muzinga e sente que o velho não brinca. Ele hesita. Fixa seus olhos naquele objeto estranho. É agora ou nunca. Cria coragem e pega o "amuleto".

— Podem partir. Meus homens não tocarão mais em vocês. Mas, se voltarem aqui um dia, não terão uma nova chance.

— Não voltaremos. Esteja certo disso.

Com passos largos, Muzinga caminha em direção à saída e faz sinal para Caio e Lázaro o seguirem.

— É o que eu estou pensando? — pergunta Caio, sem poder acreditar. — Estamos livres?

— Sim — responde o tatataravô. — Mas apressem o passo, pois não sei até quando durará essa farsa.

capítulo 18

Em três dias de caminhada ininterrupta, Muzinga, Caio e Lázaro despedem-se para sempre do mundo novo que descobriram. De Ibez até a caverna que os levará de volta à Pedra da Gávea, seguem o caminho feito por Lázaro. Este, além de mais curto, não cruza qualquer cidade ou povoado. Lázaro os guia, desviando-os da região onde seus parceiros foram mortos.

Regressam com a certeza de que viveram uma fantástica epopéia, mas é Caio quem volta realmente transformado. Se aquela fora sua primeira aventura, que dirá das muitas e muitas que virão pela frente? O novo Caio quer conhecer cada canto de cada país, de cada continente, e se houver novos mundos a serem descobertos, dará seu sangue para neles pisar.

Falta, porém, uma última pincelada para que Caio seja um legítimo desbravador. É Muzinga quem lhe dá este ingrediente final, partindo de uma conversa que se inicia despretensiosamente.

— Imagine só aqueles idiotas que nunca viram uma lanterna em visita ao Rio de Janeiro — comenta Caio, rindo. — Como agiriam ao ver, por exemplo, um ônibus? Talvez morressem de fome, pois não saberiam entrar num supermercado ou comer em um restaurante.

— O mesmo aconteceria com você, no mundo deles — rebate Muzinga, sem ver graça em tais comentários.

— Como assim?

— Mesmo que lhe dêem terra e sementes, você saberia plantar seu próprio alimento? Diga-me: você saberia caçar e preparar um animal para saciar sua fome?

— Com certeza, não — acrescenta Lázaro, reforçando o que Muzinga diz.

— Ora... Claro que não, mas... Mas eu não preciso disso — conclui o garoto.

— Pois eles também não precisam de supermercados nem de restaurantes. Não precisam de caminhões, não precisam de lanternas, muito menos de videogames.

Caio nada diz.

— Esta visão de que somos superiores por determos uma tecnologia mais avançada é uma grande estupidez — continua o velho. — Se o Inca simulasse uma cena sobrenatural usando os recursos que eles conhecem, você também se impressionaria.

— É... Vendo dessa forma...

— Dependendo do critério, somos um povo atrasadíssimo — diz o tataravô. — Nossos jovens matam-se uns aos outros por torcerem para times diferentes. Temos políticos que acumulam desonestamente fortunas de dezenas de milhões de dólares e continuam roubando o dinheiro da merenda das escolas públicas, só para ter mais e mais. Na nossa sociedade "avançada", há quem mate para roubar um par de tênis de marca.

Caio ouve, calado, com vergonha de sua prepotência. O velho prossegue.

— Baquaqua apresentou-nos um povo onde todos vivem nas mesmas condições e ninguém passa fome ou dorme na rua. Com toda a nossa tecnologia, eu sentiria vergonha caso ele visse nossas favelas, em péssimas condições, ao lado de condomínios de luxo.

Poucas palavras fazem com que Caio veja o mundo com outros olhos.

— Entendo o que você diz — confessa o jovem ao tataravô. — Imagine, de um lado, um povo com tecnologia avançada. Do outro, um povo com valores de ética e humanidade bem fortes, mesmo que com uma tecnologia primitiva. No primeiro, há computadores, aviões e uma medicina avançada, mas há também guerras, violência e desigualdade. O segundo povo vive nu e usa objetos feitos de pedra, mas ninguém ali passa fome, necessidade ou humilhação, nem sofre qualquer tipo de violência.

— Pois em qual destes você preferiria morar? — pergunta Lázaro.

— Hmmm... Por mais que tenhamos nossos problemas, não sei se conseguiria viver longe do meu computador...

— Isso é normal — acrescenta Muzinga. — Fomos

preparados para a nossa sociedade, com todos os seus prós e contras. O importante, porém, é saber respeitar os modos de vida diferentes. Se você quer se aventurar mundo afora, esse é o conselho mais importante que lhe dou. Jamais despreze alguém, mesmo que este alguém ande de quatro. Pois até este alguém tem algo interessante para lhe ensinar.

    Caio concorda.

Na última noite, Muzinga, Caio e Lázaro sentam em um canto da caverna para uma conversa séria. Em algumas horas, eles voltarão ao seu mundo, trazendo descobertas que podem mudar para sempre a história do homem e a própria humanidade. Os três testemunharam lugares e povos que desafiam a Ciência. Encontraram culturas desconhecidas e ainda viram uma prova definitiva de que o continente da Atlântida realmente existiu há vários milênios, confirmando o que até então eram apenas lendas. A responsabilidade sobre seus ombros é gigantesca e parece que só agora eles percebem isso.

    — Pois a minha opinião é uma só — diz Muzinga. — Nosso achado tem que ficar em segredo.

    — Você deve estar brincando! — exclama Lázaro. — Nós fazemos uma das maiores descobertas da história desde a época das grandes navegações e você quer que guardemos isso só para nós mesmos?

    — Também não entendi essa, véio!

    Muzinga ajeita seu chapéu.

— Grandes navegações? Boa colocação, Lázaro. Então, vamos lá: quais foram os resultados das grandes navegações?

— Muitos. A ciência provou que a Terra é redonda. Os europeus descobriram o Brasil e o continente americano. Conheceram com os índios novos alimentos, temperos e a cura para várias doenças. Acharam ouro, diamantes e outras riquezas. Tomaram conhecimento de formas de vida animal e vegetal desconhecidas no resto do mundo até então. E... continuo?

— Não, está bom. Tem razão, os europeus ganharam e muito com as grandes navegações.

Muzinga olha diretamente para o tataratataneto.

— Você já aprendeu sobre esse assunto no colégio, não foi, Caio? Que tal o argumento de Lázaro?

— Bem... Tudo o que ele disse é verdade.

— E...?

— Mas ele esqueceu — continua Caio — de citar o outro lado.

— Viu, Lázaro? — diz Muzinga, contente com o que ouve. — Você omitiu o outro lado. Continue, fedelho.

— Milhares de índios foram mortos ou escravizados pelos invasores. Seus recursos e riquezas foram roubados. Perderam a maior parte de suas terras. Foram forçados a adotar cultura e religião que não eram suas. Sem falar na contaminação por doenças desconhecidas, assim como aconteceu...

Caio lembra-se de dias atrás. Faz uma pausa e completa a frase:

— ...como aconteceu no nosso contato com os piratas.

— Preciso argumentar mais, Lázaro? Até o garoto já entendeu. Para nós, será maravilhoso revelarmos a existência desse mundo subterrâneo. Mas o que será desse povo que nunca viu a luz do Sol?

Lázaro abaixa a cabeça.

— Eu não quero ser responsável pela morte e desgraça de civilizações inteiras. Você tem razão, Muzinga. Da minha boca, ninguém jamais saberá sobre o que vimos.

— Muito menos da minha — diz Caio.

Para provar que diz a verdade, o garoto tira o cartão de memória da máquina fotográfica. Em seguida, joga-o bem longe, a perder de vista.

Ao fazer isso, pensa em Juliana. Por todos esses dias, Caio sonhou em mostrar à garota de seus sonhos as fotos de sua saga. Imaginou-se várias vezes contando-lhe cada detalhe desta odisséia e estava certo de que, a partir de então, Juliana o acharia o garoto mais atraente que já cruzou seu caminho. Agora, sem poder contar onde esteve nos últimos dias, Juliana volta a ser apenas um sonho.

Será mesmo? Não estaria Caio subestimando-se? Por que a garota só se interessaria por ele se viesse acompanhado de histórias mirabolantes? Quem sabe ela não acharia aborrecido ouvir o relato desta aventura? Vai entender essas mulheres...

Qual o problema em dizer "eu estou apaixonado por você e quero conhecê-la melhor"? Caio enfrentou desafios mais perigosos do que este e sobreviveu a todos. Por que recuar diante deste novo obstáculo? Pois desta vez, Caio está decidido. Nunca mais fugirá, seja do que for.

São quatro da tarde quando a jornada do trio finalmente chega ao fim. Lázaro é o primeiro a sair da caverna. Ao ver novamente a luz do Sol, as lágrimas riscam seu rosto, em parte pela emoção, em parte pela irritação com a claridade, com a qual sua vista se desacostumara. Caio ressurge em seguida e Lázaro o abraça. O garoto comove-se também. Muzinga não fica exatamente emocionado, pois esta é apenas mais uma aventura em sua vida. Mas a felicidade em poder dizer "conseguimos!" é gigantesca.

Ao pisar novamente em casa, Caio joga-se na cama, exausto. Sonhou por várias noites com este momento e nada o faria adiá-lo. Muzinga também está um bagaço, mas ele não segue o exemplo do tataraneto. Toda aquela jornada ainda está fresca em sua mente e ele, após um banho, senta-se à escrivaninha de sua biblioteca particular. Quer registrar o quanto antes os detalhes desta expedição. Nestes novos apontamentos, Muzinga terá muito o que escrever, pois, além do mundo subterrâneo, faz questão de registrar com detalhes outra descoberta. A descoberta de seu sucessor. O velho se emociona ao descrever com orgulho seu tataraneto Caio, um garoto de 13 anos de idade. Um garoto de quem o mundo ouvirá falar, e muito.

capítulo 19

No dia seguinte, Caio acorda às três da tarde. Nunca dormiu tanto e espanta-se ao olhar o relógio. Mesmo assim, ele se espreguiça na cama por mais quinze minutos até levantar. Só agora ele sente, de fato, as conseqüências de tantos exercícios árduos. Ao dirigir-se ao banheiro, suas pernas doem a cada passo e seus pés ardem em brasa.

Na cozinha, abre a geladeira. Surpreende-se ao ver que Muzinga fez as compras pela manhã e seus olhos brilham diante de uma jarra com suco de laranja, após tanto tempo privado de sua bebida preferida. Põe duas fatias de pão na torradeira e senta-se à mesa.

Caio saboreia a primeira torrada, quando repara na porta da biblioteca, ao esticar o pescoço. Está fechada, sinal de que Muzinga está envolvido em suas pesquisas. O garoto hesita. Voltará a ser tudo como antes? Depois de dias de total cumplicidade entre os dois, Caio não consegue imaginar novamente o tataravô como alguém distante. Caio tem Muzinga como seu maior amigo, mas receia que essa amizade não seja recíproca como parecia ser até o dia anterior.

Ao terminar o café, Caio quer tirar essa dúvida a limpo. Entra na biblioteca sem bater na porta. Está disposto a ver a reação do velho, mesmo correndo o risco de levar uma bronca daquelas.

— Dá licença, véio?

Muzinga, de costas para a porta, vira-se surpreso para o tatataraneto.

— Enfim, acordou! Pensei que não fosse se levantar nunca mais!

Não foi exatamente uma bronca. Caio sente que a proximidade entre eles continua e fica feliz por isso.

— Foi mesmo difícil sair da cama... Já você, pelo que vejo, voltou refeito para o que der e vier.

— A vida é preciosa demais para que eu desperdice meu tempo, fedelho.

Muzinga levanta-se. Dirige-se a um canto da biblioteca.

— Venha, Caio. Ajude-me.

Caio o segue. Muzinga aponta para um baú grande, encaixado no canto entre uma das estantes e a parede.

— Vamos puxá-lo para fora. Segure aqui.

Mesmo sem forças, Caio faz o possível. O baú é pesadíssimo, mas logo é tirado do canto.

O velho abre o baú com uma pequena chave. Ambos tossem com a quantidade de poeira acumulada lá dentro. Tanta poeira que Caio não desvenda de imediato o que há por baixo do pó. Mete a mão no interior do baú, espanando com os dedos o que nota, finalmente, serem cadernos e pastas.

— Chega de mistério, seu Muzinga. Que papelada é essa?

— Essa papelada sou eu, meu tataraneto.

Caio pega um dos cadernos e olha, atentamente. Reconhece a letra do velho mulato.

— Os rabiscos que você lia escondido de mim não representam nada. Se quer conhecer minha saga, vai encontrá-la aqui, nestes diários.

Então Muzinga sabia o tempo todo! Mas isso não importa mais, pois Caio emociona-se com tamanha prova de confiança.

— Na verdade, Caio, não lhe ofereço apenas algo para ler nos finais de semana. Preciso de ajuda e quero saber se posso contar com você.

Caio nada diz, mas pergunta com os olhos.

— Neste baú, há milhares de páginas manuscritas, onde relato tudo o que me aconteceu de mais relevante nestes 199 anos de vida. Além das narrações, há fotos, desenhos, mapas, rascunhos... Enfim, toda uma documentação que me é muito preciosa.

— Pois arrepio-me ao ver esse tesouro apodrecer, socado dentro de um baú... — diz Caio, sem fôlego. — Veja: as folhas deste caderno estão amareladas a ponto de virar pó.

— Pois esta é a ajuda que lhe peço. Quero digitalizar toda essa documentação, para preservá-la. O seu computador tem scanner, não tem?

— Sim, tem! Caramba, vou curtir bastante fazer isso!

Caio ignora a poeira e começa a tirar o conteúdo do baú.

— Você fará isso no período de aulas, nas horas vagas — comenta Muzinga. — Por falar nisso, quando você entra de férias novamente?

— Bem, minhas aulas recomeçam semana que vem... Férias, de novo, só em julho.

— Até lá, planejaremos nossa próxima aventura — diz Muzinga, com um sorriso de cumplicidade.

"Nossa próxima aventura"... Até julho, essas palavras não sairão por um minuto sequer da cabeça do rapaz.

Muzinga retira-se e deixa Caio sozinho, acompanhado de suas memórias. O garoto mal sabe por onde começar. Antes de tudo, terá que organizar todas aquelas páginas e volumes.

Sua vontade é devorar cada frase manuscrita pelo tataravô, mas ele quer ir além. Sua pesquisa incluirá aquilo que Muzinga certamente não registrou nestes ou em qualquer outro papel: o segredo de sua longevidade. Não é possível que, no meio de tantos registros, não haja uma única pista sobre o que permitiu a Lucas chegar às vésperas do ducentésimo aniversário com a saúde de um jovem de 18 anos.

Caio espirra com o pó, mas sua alergia não o fará desistir. Por um breve instante, sente uma pontinha de culpa. Seria traição de sua parte aproveitar a confiança de Muzinga para roubar-lhe a resposta de um segredo seu? Caio, porém, afasta esse pensamento. É um segredo importante demais, irresistível demais, para manter-se oculto. Muzinga que se cuide.

À noite, Caio tira sua agenda do fundo da mochila. Ainda é a do ano passado e ele lembra que é hora de transcrever os telefones dos colegas para uma agenda nova. Mas por hora isso não interessa. O importante é conferir o telefone de Juliana.
Após tudo o que viveu nestas férias, falta enfrentar um último desafio. Caio hesita; pensa em deixar para depois. Logo reage e vence a tentação de adiar o que tem que ser feito. Está determinado a ir até o fim. Mas uma coisa de cada vez. Pelo telefone, ele apenas a convidará para sair. Ela perceberá suas intenções no ato, mas ele só dirá o que sente por ela pessoalmente.
Caio tecla atentamente número por número.
Uma voz doce como música atende. É Juliana!
— Alô?

FIM

Este livro foi composto na tipologia
Classical Garamond, em corpo 11/15, e impresso
em papel off-white 80g/m² no Sistema Cameron
da Divisão Gráfica da Distribuidora Record.